가천대학교 아시아문화연구소 아시아교양총서

사양 외

사양 외

다자이 오사무 지음
박진수 옮김

6

역락

일러두기

1. 슈에이샤(集英社)의 『일본문학전집』(太宰治, 『日本文学全集 70 太宰治集』, 集英社, 1967)을 저본으로 했다.

2. 본문 중 신체장애와 관련된 부적절한 표현이 있으나, 원문 텍스트의 역사성을 고려하여 상응하는 한국어를 그대로 사용했으니 양해를 바란다.

차례

사양

1

어머니는 아침에 식당에서 수프를 한 숟가락 쓱 떠서 먹고는 "아" 하고 희미한 소리를 내뱉었다.

"머리카락?"

수프에 뭔가 이상한 거라도 들어갔나 싶었다.

"아니."

어머니는 아무 일도 없었다는 듯이 다시 사뿐히 한 숟가락 수프를 입에 흘려 넣고 차분하게 얼굴을 옆으로 돌렸다. 부엌 창 너머 활짝 핀 산벚나무로 시선을 보내며 그렇게 얼굴을 옆으로 돌린 채 또 한 숟가락, 수프를 조그만 입술 사이로 미끄러뜨리듯 넣었다. '사뿐히'라 는 말은 어머니의 경우 결코 과장된 표현이 아니다. 여성용 잡지 따위 에 나오는 식사 예절과는 애당초 전혀 달랐다. 남동생 나오지가 언젠가 술을 마시며 누나인 내게 이렇게 말한 적이 있다.

"작위가 있다고 해서 귀족이라고 할 수 있는 건 아니야. 작위가 없어도 타고난 기품을 가진 훌륭한 귀족도 있고, 우리처럼 작위가 있어도 귀족은커녕 천민에 가까운 사람도 있어. 이와시마(나오지의 학교 친구인 백작의 이름)같은 녀석은 정말이지 신주쿠* 유곽의 호객꾼보다도 더 천박하잖아. 얼마 전에도 야나이(동생의 학교 친구이자 자작의 차남 이름)의 형 결혼식에 그 빌어먹을 놈이 턱시도를 입고 왔어. 도대체 그 턱시도는 왜 입는 거야? 그건 그렇다 치고 테이블에서 스피치할 때 그 녀석 '했사옵니다' 같은 이상한 말투를 쓰는 걸 보고 질려버렸다니까. 잘난 척은 품위와는 전혀 관계없는 한심스러운 허세야. 고급 하숙집이라고 써 놓은 간판이 혼고** 여기저기에 있지만, 실제로 화족***의 대부분은 고급 거지라고 해야 할 만한 사람들이지. 진짜 귀족은 그렇게 이와시마처럼 어설픈 잘난 척은 안 해. 우리 일족 중에서도 진정한 귀족은 아마 엄마 정도일 거야. 그건 진짜야. 넘을 수 없는 선이 있어."

수프를 먹는 법만 해도 그렇다. 우리라면 접시 위로 약간 고개를 숙인 채 숟가락을 가로로 들어 수프를 뜬 다음 그대로 입가로 가져가지만, 어머니는 왼쪽 손가락을 가볍게 테이블 가장자리에 얹고 상체를 구부리지도 않은 채 얼굴을 꼿꼿이 든다. 접시는 제대로 보지도 않

---

* 　신주쿠(新宿): 도쿄의 번화가. 도쿄 도청 소재지.

** 　혼고(本鄕): 도쿄 분쿄구. 도쿄 대학 소재지.

*** 　화족(華族): 1869년 이후의 귀족계급을 지칭.

고 숟가락을 옆으로 해서 쓱 뜨는 거다. 제비가 나는 모습 같다고 말하고 싶을 정도로 가볍고 능숙하게 숟가락을 입과 직각이 되게 가져가서는 수프를 입술 사이로 흘려 넣는다. 그리고 무심한 듯 여기저기 곁눈질을 하며 마치 팔랑이는 조그만 날개를 다루듯 숟가락을 다루는데, 수프를 한 방울도 흘리는 일 없고 먹는 소리 접시 소리도 전혀 내지 않는다. 그게 이른바 정식 식사 예법이 아닐지 몰라도 내 눈에는 아주 사랑스럽고 그거야말로 진짜처럼 보인다. 또 실제로 국물 요리는 고개를 숙여서 숟가락을 가로로 쥐고 먹기보다는, 편안히 상반신을 세우고 숟가락 끝에서 나오는 수프를 입으로 흘려 넣듯 해서 먹는 편이 이상할 정도로 맛있는 법이다. 하지만 나는 나오지가 말한 것 같은 고급 거지여서 어머니처럼 그렇게 가볍고 자연스럽게 숟가락을 놀리지 못하기 때문에, 어쩔 수 없이 접시 위에 고개를 숙이고 이른바 정식 예법의 음울한 식사법을 따르고 있다.

　수프뿐 아니다. 어머니의 식사법은 예법에서 굉장히 벗어나 있다. 고기가 나오면 나이프와 포크로 전부 재빨리 잘게 썬 다음, 나이프를 내려놓고 포크를 오른손에 옮겨 쥐어 고기 한 점 한 점을 포크로 찔러 천천히 음미하며 드신다. 또 뼈 있는 닭고기 같은 것을 먹을 때면 우리는 접시 소리를 내지 않고 뼈에서 살을 잘라내기 위해 고생하는데, 어머니는 태연히 손가락으로 뼈 있는 데를 휙 집어 올리고 입으로 뼈와 살을 떼어내어 버린다. 그런 야만스러운 동작도 어머니가 하면 사랑스러울뿐 아니라 묘하게 에로틱하게 보이니, 과연 진짜는 다른 법이다. 어머니는 때때로 뼈 있는 닭고기뿐 아니라 점심 반찬인 햄이나 소시지 등도 휙 하고 손가락으로 집어 드시는 일조차 있다.

"주먹밥이 왜 맛있는지 알고 있니? 그건 말이야. 사람 손가락으로 꽉 쥐어서 만들기 때문이야."하고 말한 적도 있다.

나도 정말 손으로 먹으면 맛있겠다고 생각한 적이 있지만, 나 같은 고급 거지가 어설프게 흉내 내서 따라 하면 그야말로 진짜 거지꼴이 될 것 같다는 생각에 참고 있다.

동생 나오지마저 어머니에게는 못 당하겠다고 말하는데, 정말이지 나도 어머니 흉내 내기가 어려워서 절망 비슷한 감정조차 느낀 적이 있다. 그런데 언젠가 니시카타마치(西片町) 집 안뜰에서의 일이다. 초가을 달 밝은 밤이었는데, 나는 어머니와 둘이 연못가 정자에서 달구경을 하면서 여우가 시집갈 때랑 쥐가 시집갈 때랑 신부 채비가 어떻게 다를까 하고 웃으며 이야기를 나누던 중이었다. 어머니는 불쑥 자리에서 일어나서 정자 옆 싸리 덤불 속으로 들어가더니, 싸리의 하얀 꽃 사이로 더욱 선명하게 빛나는 하얀 얼굴을 내밀고 살짝 웃으며,

"가즈코, 엄마가 지금 뭘 하는지 맞춰 봐." 하고 말했다.

"꽃을 꺾고 계시죠."

라고 말하자 작은 소리로 웃으며

"소변이야."

하고 말했다.

전혀 웅크리고 있지 않은 자세에 놀랐다. 나 따위는 도저히 흉내 낼 수 없는 진정 사랑스러운 느낌이었다.

오늘 아침의 수프 이야기에서 꽤 빗겨 난 얘기지만, 얼마 전 어떤

책을 읽다가 루이 왕조 당시의 귀부인들은 궁전 정원이나 복도 구석 등에서 아무렇지도 않게 소변을 보았다는 사실을 알게 되었는데, 그 태연함이 참 사랑스럽게 느껴지며 우리 어머니가 그런 진짜 귀부인의 마지막 남은 한 명이 아닐까 생각했다.

그런데 오늘 아침에는 수프를 한 숟가락 뜨며 "아" 하고 작은 소리를 내길래 머리카락이라도? 하고 물었더니 아니란다.

"좀 짠가요?"

오늘 아침 수프는 얼마 전 미국에서 배급한 완두콩 통조림을 가는 체에 걸러 내가 포타주*처럼 만든 것인데, 원래 요리에는 자신이 없던 탓에 어머니가 "아니"라고 말해도 여전히 조마조마한 마음에 그렇게 물어보았다.

"아주 잘 만들었어."

어머니는 진지하게 그렇게 답하고는 수프를 다 먹은 뒤, 김으로 싼 주먹밥을 손으로 집어 들었다.

나는 어릴 때부터 아침 입맛이 없었고, 10시쯤이 되어야 배가 고파졌다. 그때도 수프만큼은 어떻게든 먹어 치웠지만, 아침에 먹는다는 게 내게는 곤욕이었다. 주먹밥을 접시에 올려놓고 거기다 젓가락을 찔러 넣어 엉망으로 뭉개고 나서 일부를 젓가락으로 집어 올렸다. 어머니가 수프를 드실 때의 숟가락처럼 젓가락을 입과 직각이 되도록 만들고 나서 마치 새에게 모이를 주는 것처럼 입에 밀어 넣고 천천히

---

* 포타주: 프랑스식 걸죽한 수프.

먹는 동안, 어머니는 벌써 식사를 전부 끝내버리고 가만히 일어나서 아침 해가 비추고 있는 벽에 등을 기댄 채 얼마간 묵묵히 내 밥 먹는 모습을 바라보았다.

"가즈코는 아직 안 되겠구나. 아침밥이 제일 맛있어야 하는데."

"어머니는 맛있어요?"

"그야 물론, 나는 이제 환자가 아닌걸."

"가즈코도 환자가 아니에요."

"아니야, 안돼."

어머니는 쓸쓸히 웃으며 고개를 흔들었다.

나는 5년 전에 폐병에 걸려서 몸져누운 적이 있었는데 그건 내가 제멋대로 굴어서 생긴 병이라고 생각된다. 하지만 어머니가 얼마 전 걸린 병은 정말 걱정스럽고 슬퍼지는 병이었다. 그런데도 어머니는 내 일만을 걱정하고 있다.

"아."

하고 내가 말했다.

"왜?"

라고 이번에는 어머니 쪽에서 물었다.

얼굴을 마주 보고 뭔가 서로를 완전히 이해한 듯한 느낌에 내가 후후후하고 웃자 어머니도 빙긋 웃어 보였다.

왠지 모르게 견딜 수 없이 부끄러운 마음에 사로잡혔을 때 그 기묘한 "아" 하는 희미한 외침이 나오는 법이다. 나는 지금 갑자기 불쑥 6년 전 내가 이혼했을 때 일이 선명하게 떠올라 견딜 수 없어져서 나도 모르게, 아 하고 말해 버린 것이었는데 어머니의 경우는 뭘까? 설마 어머니한테 나처럼 부끄러운 과거가 있을 리 없는데, 아니, 어쩌면 뭔가가 있었던 걸까?

"어머니도 방금 뭔가 떠올랐던 거죠? 무슨 일이에요?"

"잊어버렸어."

"제 일인가요?"

"아니."

"나오지에 관한 일이에요?"

"그럴⋯."

하고 말하다가 고개를 갸웃하며,

"지도 모르지."

하고 말했다.

동생 나오지는 대학교 재학 중 소집되어 남방 섬으로 갔다가 소식이 끊겼고 전쟁이 끝나도 행방을 알 수 없어서 어머니는 이제 나오지와는 못 만날 거라고 각오하고 있다고 했다. 그러나 나는 그런 '각오' 따위 한 번도 한 적이 없다. 반드시 만날 수 있을 것이다.

"포기했다고 생각했는데 맛있는 수프를 먹으니 나오지 생각이 나서 견딜 수가 없었어. 나오지에게 좀 더 잘 해 줬더라면."

나오지는 고등학교에 들어갔을 때부터 문학에 푹 빠져 거의 불량 소녀와도 같은 생활을 하기 시작했다. 그 때문에 얼마나 어머니를 고생시켰는지 모른다. 그런데도 어머니는 수프를 한 숟가락 드시고는 나오지 생각이 나서 아, 하고 탄식하는 소리를 낸다. 나는 밥을 입안에 밀어 넣다가 눈시울이 뜨거워졌다.

"괜찮아요. 나오지는 괜찮아요. 나오지 같은 못된 녀석은 웬만해선 안 죽어요. 죽는 사람은 으레 점잖고 예쁘고 착한 사람이에요. 나오지는 몽둥이로 두들겨 패도 죽을 리 없어요."

어머니는 웃으며,

"그럼 가즈코는 일찍 죽는 쪽인가?"

하고 나를 놀린다.

"어머, 왜요? 저는 악당 중에서도 두목 격이니 여든까지는 문제없어요."

"그래? 그렇다면 이 엄마는 아흔까지 괜찮겠네."

"그럼요."

하고 답하긴 했지만 좀 난처해졌다. 악당은 장수한다. 예쁜 사람은 빨리 죽는다. 어머니는 예쁘다. 하지만 오래 사셨으면 좋겠다. 나는 몹시 당황스러웠다.

"너무 짓궂어요!"

아랫입술이 부르르 떨리며 눈에서 눈물이 흘러내렸다.

뱀 이야기를 해 볼까? 사오일 전 오후에 근처 사는 아이들이 마당 울타리 대나무 덤불에서 열 개쯤 되는 뱀 알을 발견해서 가지고 왔다.

아이들은,

"살모사 알이야."

하고 주장했다. 나는 그 대나무 덤불에 살모사가 열 마리나 태어나면 마당으로 섣불리 내려갈 수도 없겠다 싶어

"태워버리자."

하니 아이들은 뛸 듯이 기뻐하며 내 뒤를 쫓아왔다.

대나무 덤불 근처에 나뭇잎이랑 잡목을 쌓아 올려 태우고, 그 불 속에 알을 하나씩 던져넣었다. 알은 좀처럼 타지 않았다. 아이들이 또 다시 나뭇잎이랑 작은 가지를 위에 덮어 불길을 키워도 알은 좀처럼 타지 않았다.

아랫마을 농가에 사는 처녀가 울타리 밖에서

"뭐 하세요?"

하고 웃으며 물었다.

"살모사 알을 태우고 있어요. 살모사가 나오면 무섭잖아요?"

"크기가 얼마나 돼요?"

"메추리 알만 한 크기에 색은 새하얗고요."

"그럼 일반 뱀 알이에요. 살모사 알은 아니겠죠. 살아 있는 알은 잘 안 타요."

처녀는 참 이상하다는 듯이 웃으며 가버렸다.

삼십 분 정도 불을 피웠지만 아무래도 알이 안 타는 것 같았다. 나는 아이들에게 불 속의 알을 꺼내서 매화나무 밑에 묻으라 하고, 작은 돌멩이를 주워 모아 무덤 표식을 만들어 주었다.

"자, 모두 기도하자."

내가 웅크려 앉아 두 손을 모으니 아이들도 얌전히 내 뒤에 쭈그리고 앉아 두 손을 모으는 것 같았다. 아이들과 헤어지고 나서 혼자 돌계단을 천천히 올라가는데 돌계단 위 등나무 시렁 그늘에서 어머니

가 서 있다가,

"불쌍하게 그런 짓을 했구나."

하고 말했다.

"살모사인 줄 알았는데 그냥 뱀이었어요. 하지만 잘 묻어주었으니 괜찮아요."

말은 그렇게 했어도 어머니한테 들킨 게 편치는 않았다.

어머니는 결코 미신을 믿지 않았지만 10년 전 아버지가 니시카타마치에 있는 집에서 돌아가시고 나서는 뱀을 아주 무서워했다. 아버지 임종 직전에 어머니는 아버지 머리맡에 가느다란 검정 끈이 떨어져 있는 걸 보고 무심코 주우려고 했다. 그런데 그게 뱀이었고, 그 뱀은 스르륵 도망쳐 복도로 나간 뒤 어디론가 가버린 모양이다. 어머니와 와다 숙부 두 분만 뱀을 보았는데 두 분은 서로 얼굴을 마주 보고도 임종을 지키는 자리가 소란스러워지지 않도록 참고 가만히 있었다. 우리도 그 자리에 같이 있었지만, 그 뱀에 대해서는 전혀 알지 못했다.

하지만 나도 실제로 아버지가 돌아가시던 날 저녁, 정원 연못가 나무마다 뱀들이 올라가 있었던 것을 목격했다. 지금 내가 스물아홉 아줌마니까 10년 전 아버지가 돌아가실 때 벌써 열아홉 살이었다. 이미 어린애는 아니어서 10년이 지난 지금도 그때 기억이 생생하고 확실히 그려진다. 내가 영전에 바칠 꽃을 꺾으러 정원 연못 쪽으로 걸어가다 문득 연못가 철쭉 앞에 멈춰 섰는데, 그 철쭉 가지 끝에 작은 뱀이 휘감겨 있었다. 흠칫 놀라 옆에 있는 황매화 나무 꽃가지를 꺾으려 하자 그 가지에도 뱀이 감겨 있었다. 그 옆의 물푸레나무에도, 어린 단풍나무에도, 금작화에도, 등나무에도, 벚나무에도, 나무란 나무 모두 뱀이 휘감겨 있었다. 하지만 그렇게 무섭진 않았다. 뱀들도 나와 마찬가지로 아버지의 죽음을 슬퍼해 구멍에서 기어 나와 아버지의 영전에 절을 하는 것 같았을 뿐이다. 그리고 나는 정원에서 본 뱀에 대해 어머니에게 슬쩍 알려드렸는데, 어머니는 침착하게 고개를 약간 갸웃하며 뭔가 생각하는 것 같았지만 특별한 말은 없었다.

하지만 사실 이 두 가지 뱀 사건이 있고 나서 어머니는 무척이나 뱀을 싫어하게 되었다. 뱀을 싫어한다기보다는 뱀을 숭상하고 두려워하는 마음, 즉 경외심을 갖게 된 것 같았다.

뱀 알 태우는 것을 어머니가 보고 분명 뭔가 몹시 불길한 느낌을 받은 게 틀림없다는 생각이 들었다. 그렇게 생각하니 갑자기 나도 뱀 알을 태운 일이 아주 두려운 일이었다는 느낌이 들어 어쩌면 이 일이 어머니에게 안 좋은 재앙을 초래하지는 않을까 하는 걱정에 다음 날에도 또 그다음 날에도 그 일을 잊지 못하고 있었다. 그러다가 오늘 아침에는 식당에서 예쁜 사람은 빨리 죽는다는 둥 당치 않은 말을 무심코 내뱉고 도저히 수습이 안 되어 울어버리고 만 것이다. 아침 식사 설거지를 하면서 왠지 내 가슴속에 어머니의 수명을 줄이는 불길한 작은 뱀 한 마리가 들어와 있는 것 같아 견딜 수가 없었다.

그리고 그날 나는 정원에서 뱀을 보았다. 그날은 무척 따뜻하고 날씨가 좋아 부엌일을 끝내고 정원 잔디 위에 등나무 의자를 옮겨 거기서 뜨개질을 할 생각이었다. 의자를 가지고 정원으로 내려가는데 정원석 근처 조릿대 나무에 뱀이 있었다. 아, 징그러워. 나는 단지 그렇게만 생각했다. 그 이상 깊이 생각하지 않고 다시 의자를 들고 툇마루에 올라와 뜨개질을 시작했다. 오후가 되어 정원 한구석불당 안에 있는 장서 가운데 로랑생* 화집을 꺼내오려고 내려오니 잔디 위로 뱀이 느릿느릿 기어가고 있었다. 아침에 본 뱀과 같았다. 날씬하고 기품 있는 뱀이었다. 암컷 같았다. 뱀은 잔디밭을 조용히 가로질러 찔레 덩굴 그늘까지 가더니 멈춰서 고개를 들고 가느다란 불꽃 같은 혀를 낼름거렸다. 그리고는 주위를 둘러보는 듯하다가 이내 고개를 늘어뜨리고 마치 나른하기라도 한 듯 몸을 웅크렸다. 나는 그때도 단지 아름다운 뱀이라는 생각만 강하게 들었을 뿐이다. 잠시 있다 불당에 가서 화집을 꺼내 돌아오는 길에 방금 뱀이 있던 곳을 힐끗 쳐다보니 뱀은 이미 사라지고 없었다.

저녁 무렵 응접실에서 어머니와 차를 마시며 정원 쪽을 보고 있는데, 돌층계의 세 번째 계단에서 오늘 아침 봤던 그 뱀이 또다시 스르르 나타났다.

어머니가 그걸 보고는

"저 뱀은?"

하고 곧바로 내 쪽으로 달려오더니 내 손을 잡은 채 꼼짝도 하지 않으셨다. 그제야 나도 퍼뜩 생각이 나서,

---

* 로랑생(1885-1956): 프랑스의 여류화가. 우아하고 부드러운 색조와 필치로 독자적 화풍을 개척.

“알 엄마?”

하고 입 밖으로 내뱉었다.

“그래, 맞아.”

어머니의 목소리는 갈라져 있었다.

우리는 손을 맞잡고 숨을 죽인 채 가만히 그 뱀을 지켜보았다. 돌 위에 나른한 듯 웅크리고 있던 뱀은 비실비실 다시 움직이기 시작해서 힘없이 돌계단을 가로질러 제비붓꽃 쪽으로 기어들어 갔다.

“아침부터 정원을 돌아다녔어요.”

내가 나지막이 말하자 어머니는 한숨을 쉬고 털썩 의자에 주저앉아

“그렇지? 알을 찾는 거야. 불쌍하게도.”

하고 가라앉은 목소리로 말했다.

나는 어쩔 수 없이 후후 웃었다.

석양이 어머니 얼굴을 비추자 그 눈이 푸르게 빛나 보였다. 희미하게 노여움이 깃든 얼굴은 와락 안겨들고 싶을 정도로 아름다웠다. 나는 아, 어머니 얼굴이 방금 그 슬픈 뱀과 어딘가 닮았다고 생각했다. 그리고 내 가슴속에 사는 살모사처럼 꿈틀꿈틀 추한 뱀이 언젠가 이 슬픔에 빠진 아름다운 어미 뱀을 잡아먹는 건 아닐까, 왠지 그런 생각이 들었다.

나는 어머니의 부드럽고 가냘픈 어깨에 손을 얹고는 이유 모를 몸서리를 쳤다.

우리가 도쿄 니시카타마치의 집을 버리고 이즈(伊豆)에 있는 이 중국풍 산장에 이사 온 것은 일본이 무조건 항복한 해 12월 초였다. 아

버지가 돌아가시고 나서 우리 집 살림살이는 어머니의 남동생이자 지금은 어머니의 유일한 혈육인 와다 숙부가 전부 보살펴 주었다. 그러나 전쟁이 끝나고 세상이 바뀌자 와다 숙부는 이제 안 되겠다, 집을 파는 수밖에 없다며 하녀들도 모두 내보내고 모녀 둘이 어디 시골에 아담한 집을 사서 마음 편히 사는 게 낫겠다고 어머니에게 말한 모양이었다. 어머니는 돈에 대해서는 어린애보다도 더 모르는 분이어서 와다 숙부 말을 듣고 그럼 잘 부탁한다고 한 모양이다.

11월 말에 숙부로부터 속달이 왔다. 슨즈 철도* 선로 변에 있는 가와타 자작의 별장이 매물로 나와 있다, 집은 높은 지대에 있어서 전망이 좋고 밭도 백 평 정도 있다, 그 주변은 매실이 유명한 곳으로 겨울에 따뜻하고 여름에는 서늘하니 살아보면 틀림없이 마음에 들 거다, 상대방과 직접 만나서 이야기해야 하니 내일 일단 긴자에 있는 내 사무실로 와 달라, 그런 내용이었다.

"어머니, 가실 거예요?"

하고 내가 물으니,

"그럼. 내가 부탁한 거니까."

하고 몹시 쓸쓸한 듯 웃으며 말했다.

이튿날, 어머니는 이전 운전사였던 마쓰야마에게 같이 가 달라고 해서 정오 조금 지나 외출했고, 밤 8시쯤에 마쓰야마와 함께 돌아왔다.

"결정했어."

---

* 슨즈(駿豆)철도: 동해도 본선 미시마 역에서 슈젠지 역에 이르는 40km의 지방 철도.

내 방에 들어와서 책상에 손을 짚고 그대로 쓰러지듯 앉으며 그렇게 한마디 했다.

"결정하다니, 뭘요?"

"전부."

"어쩜."

나는 놀라며

"어떤 집인지 보기도 전에…."

어머니는 책상 위에 한쪽 팔꿈치를 세운 뒤 이마에 손을 살짝 대고는 나지막이 한숨을 쉬더니,

"와다 숙부가 좋은 곳이라고 하시니까, 나는 이대로 그냥 모른 척 그 집으로 이사 가도 좋을 것 같아."

하고는 고개를 들어 희미한 미소를 지었다. 그 얼굴은 좀 수척했지만 아름다웠다.

"그래요."

나는 어머니의 와다 숙부에 대한 신뢰가 아름답다 여겨져 맞장구를 쳤다.

"그럼 저도 모른척할게요."

둘이서 소리 내어 웃었지만 웃고 나서는 몹시 쓸쓸해졌다.

그때부터 매일 집에 인부들이 와서 이삿짐을 싸기 시작했다. 와다 숙부도 와서 팔 건 팔도록 하나하나 챙겨주었다. 나는 하녀 오키미와 둘이서 옷 정리를 하거나 잡동사니를 앞마당에서 태우느라 바빴는데, 어머니는 전혀 정리를 도와주지도 지시도 안 하고, 매일 방에서

구시렁대기만 했다.

"무슨 일이세요? 이즈에 가기 싫어지셨어요?"

하고 마음먹고 좀 강한 어조로 물어봐도,

"아냐."

하고 멍한 얼굴로 대답할 뿐이었다.

열흘 정도 걸려 정리가 끝났다. 저녁 무렵 마당에서 오키미와 둘이 종이 쓰레기랑 짚을 태우고 있으려니 어머니도 방에서 나와 잠자코 툇마루에 서서 우리가 피운 모닥불을 보고 있었다. 잿빛 같은 차가운 서풍이 불어오자 연기가 낮게 땅 위에 깔렸다. 나는 문득 어머니 얼굴을 올려다보고는 어머니 안색이 지금까지 본 적이 없을 정도로 안 좋은 데 깜짝 놀라,

"어머니, 안색이 안 좋아요."

하고 소리쳤다. 어머니는 희미하게 웃으며,

"괜찮아."

하고 슬쩍 다시 방으로 들어갔다.

그날 밤, 이불은 이미 다 싸버려서 오키미는 2층 마루방 소파에서 자고, 나는 어머니 방에서 옆집에서 빌려온 이불 한 채를 깔고 어머니와 함께 잤다.

어머니는 깜짝 놀랄 만큼 늙고 쇠잔한 목소리로,

"가즈코가 있으니까, 가즈코가 있어 주니까 나는 이즈로 가는 거야. 가즈코가 있어 줘서."

하고 뜻밖의 말을 했다.

나는 가슴이 철렁해서

"가즈코가 없으면요?"

하고 얼떨결에 물었다.

어머니는 갑자기 울음을 터뜨리면서,

"죽는 게 낫겠지. 아버지가 돌아가신 이 집에서 엄마도 죽고 싶어."

하고 띄엄띄엄 말하다가 결국 격하게 울었다.

어머니는 지금까지 내게 한 번도 이런 약한 소리를 한 적이 없었고, 또한 이토록 격하게 우는 모습을 보인 적도 없었다. 아버지가 돌아가셨을 때도, 또 내가 시집을 갈 때도, 임신해서 어머니 곁에 돌아왔을 때도, 병원에서 아이를 사산했을 때도, 그리고 내가 병에 걸려 몸져누웠을 때도, 또 나오지가 나쁜 짓을 했을 때도 어머니는 결코 이런 나약한 태도를 보이지 않았다. 아버지가 돌아가시고 10년 동안 어머니는 아버지가 살아 계실 때와 조금도 다름없이 느긋하고 부드러운 모습이었다. 그래서 우리도 마음 놓고 어리광을 부리며 자라왔다. 하지만 어머니에게는 이제 돈이 없다. 전부 우리를 위해, 나와 나오지를 위해 조금도 아까워하지 않고 다 써버린 것이다. 그리고 이제 오랫동안 살아온 정든 집을 떠나 이즈의 작은 산장에서 나와 단둘이 쓸쓸한 생활을 시작해야 했다. 만약 어머니가 심술궂고 인색하고 우리를 야단치는, 몰래 자신만을 위한 돈을 불릴 궁리를 하는 분이었다면, 아무리 세상이 변해도 이렇게 죽고 싶을 정도의 심정은 안 되었을 텐데. 돈이 없다는 게 얼마나 두렵고 비참하며 구제받을 길 없는 지옥인지 난생처음 깨닫고 가슴이 메어왔다. 너무나 괴로워서 울고 싶었지만 울 수가 없었다. 인생의 엄숙함이란 이런 때의 느낌을 말하는 건지, 옴짝달싹도 할 수 없을 것 같은 기분에 나는 똑바로 누운 채 돌덩이라도 된 듯 가만히 있었다.

다음날 어머니는 여전히 얼굴빛이 안 좋았다. 게다가 뭔가 꾸물거리면서 조금이라도 오래 이 집에 있고싶어하는 눈치였다. 하지만 와다 숙부가 와서 이제 짐을 대부분 보냈으니 오늘 이즈로 출발하겠다고 했다. 어머니는 마지못해 코트를 입고 작별 인사를 하는 오키미와 집에 드나들던 사람들에게 말없이 고개 숙여 인사를 했다. 어머니와 숙부와 나, 세 사람은 니시카타마치 집을 나왔다. 기차는 비교적 한산해서 세 명 모두 앉을 수 있었다. 기차 안에서 숙부는 아주 기분이 좋은 듯 노래를 흥얼거렸다. 하지만 어머니는 안색이 안 좋은 채 고개를 숙이고 있었고 몹시 추운 듯 보였다. 미시마(三島)에서 슨즈 철도로 갈아탄 뒤 이즈의 나가오카(長岡)에서 하차, 또다시 버스로 15분 정도 후에 내려서 산 쪽을 향해 완만한 비탈길을 올라가니 작은 마을이 나왔다. 그 마을 끝에 중국풍으로 공들여 지은 산장이 있었다.

"어머니, 생각했던 것보다 좋은 곳이네요."

나는 숨을 헐떡이며 말했다.

그러자 어머니도 산장 현관 앞에 서서 한순간 기쁜 눈빛을 보였다.

"무엇보다 공기가 좋지요. 아주 맑은 공기입니다."

하고 숙부는 자랑했다.

"정말."

하고 어머니가 웃더니,

"맛있네. 여기 공기는 맛있어."

하고 말했다.

그렇게 셋이서 웃었다.

현관에 들어가 보니 벌써 도쿄에서 온 짐이 도착해서 현관이니 방이니 할 것 없이 짐으로 가득 차 있었다.

"두 번째로 방에서 보는 전망이 좋단다."

숙부는 들떠서 우리를 방으로 이끌고 가서 앉혔다.

오후 3시경이라 겨울 햇살이 정원 잔디에 부드럽게 내려앉아 있었다. 잔디밭으로부터 돌계단을 다 내려가면 그 끝에 작은 연못이 있고 매화나무가 많았다. 정원 아래쪽으로는 귤밭이 펼쳐져 있었고, 그곳으로부터 마을로 가는 길이 나 있었다. 건너편이 논이고, 거기서 더 멀리 맞은편에 소나무 숲이 있었으며, 그 숲 너머로 바다가 보였다. 바다는 이렇게 방에 앉아 있으면 딱 내 명치 끝에 수평선이 닿을 정도의 높이로 보였다.

"고즈넉한 경치로구나."

하고 어머니는 나른한 듯 말했다.

"공기 탓일까요? 햇빛이 도쿄와는 전혀 다르지 않아요? 빛이 체에 거른 듯 고와요."

하고 나는 들떠서 말했다.

다섯 평과 세 평짜리 방, 그리고 중국풍의 응접실, 한 평 반 정도의 현관과 같은 크기의 욕실이 있고, 식당과 부엌이 있으며, 2층에 큰 침대가 놓인 손님용 마루방이 하나 있었다. 방은 그 정도였지만 우리 둘,

아니 나오지가 돌아와 셋이 되어도 그리 답답하지 않을 것 같았다.

숙부는 이 마을에서 단 한 곳뿐이라는 여관에 식사를 부탁하러 나갔다. 이윽고 도착한 도시락을 방에 펼쳐놓고 숙부는 가지고 있던 위스키를 마시며 이 산장의 전 주인인 가와타 자작과 중국에서 놀 때 실수담을 이야기하며 몹시 흥겨워했으나, 어머니는 도시락에 아주 잠깐 젓가락을 대셨을 뿐이었다. 이윽고 주위가 어둑어둑해질 무렵,

"이대로 잠깐 쉬게 해 줘."

하고 작은 소리로 말했다.

나는 짐 속에서 이불을 꺼낸 뒤 어머니를 눕혀드렸으나 어쩐지 꽤 신경이 쓰여서 짐에서 체온계를 찾아 열을 재어보니 39도였다.

숙부도 놀란 모양으로, 일단 아랫마을까지 의사를 찾으러 나갔다.

"어머니!"

하고 불러도 어머니는 그저 졸기만 했다.

나는 어머니의 자그마한 손을 꽉 붙들고 흐느껴 울었다. 어머니가 너무 불쌍해서 아니, 우리 두 사람이 너무나 가엾고 불쌍해서 아무리 울어도 울음이 멈추질 않았다. 울면서 정말 이대로 어머니와 함께 죽고 싶다고 생각했다. 이제 우리는 아무것도 필요 없다고, 우리 인생은 니시카타마치 집을 나올 때 이미 끝났다고 생각했다.

두 시간 정도 지나자 숙부가 마을 의사를 데리고 왔다. 의사 선생님은 꽤 나이가 든 분으로, 센다이히라 하카마*를 입고 흰 버선을 신

---

* 센다이히라(仙台平) 하카마: 하카마는 겉에 입는 주름 잡힌 하의. 센다이히라 하카마

고 있었다.

진찰이 끝나자,

"폐렴이 될지도 모르겠습니다. 하지만 폐렴이 돼도 걱정할 필요는 없습니다."

하고 어쩐지 미덥지 못한 말을 하며 주사를 놔 주고 갔다.

이튿날이 되어도 어머니의 열은 내리지 않았다. 와다 숙부는 내게 2천 엔을 주며 만일 입원을 해야 한다면 도쿄로 전보를 치라는 말을 남기고 그날은 일단 도쿄로 돌아갔다.

나는 짐 속에서 최소한도로 필요한 취사도구만 꺼낸 뒤 죽을 끓여 어머니에게 권했다. 어머니는 누운 채 세 숟가락을 뜨고는 고개를 저었다.

정오가 다 되어 아랫마을의 의사 선생님이 다시 왔다. 이번에는 하카마를 입고 있지는 않았지만 역시 하얀 버선을 신고 있었다.

"입원하는 편이…."

하고 내가 말하자

"아니, 그럴 필요는 없을 거예요. 오늘은 좀 센 주사를 한 대 놔 드릴 테니까 열도 내릴 거예요."

하고 여전히 못 미더운 대답을 하고 그 좀 세다는 주사를 놓고 가셨다.

그런데 센 주사가 효력이 있었는지, 그날 한낮이 지나자 어머니 얼

는 최상품의 하카마.

굴이 새빨개지고 땀이 비 오듯 쏟아졌다. 어머니는 잠옷을 갈아입으며

　"명의일지도 몰라."

　하고 말씀하셨다.

　열은 37도로 내렸다. 나는 기뻐서 이 마을에 단 한 곳뿐인 여관으로 달려가 그곳 주인아주머니에게 부탁해서 달걀을 열 개 정도 얻어와 곧바로 달걀 반숙을 어머니에게 해 드렸다. 어머니는 달걀 반숙을 셋, 그리고 죽을 반 그릇 정도 들었다.

　이튿날, 마을의 명의가 또 하얀 버선을 신고 왔다. 내가 어제 놓은 그 세다는 주사에 대해 감사를 드리자 주사 효험은 당연한 거라는 듯한 표정으로 고개를 크게 끄덕이고는 정성스럽게 진찰하더니 내 쪽을 돌아보며,

　"어머님은 이제 병이 다 나으셨습니다. 그러니 앞으로는 뭘 드시든 뭘 하시든 괜찮으십니다."

　하고 역시나 기묘한 말투를 쓴 탓에 나는 터져 나오는 웃음을 참느라 애를 먹었다.

　의사 선생님을 현관까지 배웅하고 방에 돌아와 보니 어머니가 이부자리에 앉아서,

　"정말로 명의야. 나 이제 병이 나았어."

　하고 아주 즐거운 듯한 표정으로 멍하니 혼잣말처럼 말했다.

　"어머니, 장지문을 열까요? 눈이 내리고 있어요."

　꽃잎처럼 커다란 함박눈이 펄펄 내리고 시작하고 있었다. 나는 장지문을 열고 어머니와 나란히 앉아 유리문 밖 이즈의 눈을 바라보았다.

"이젠 다 나았어."

하고 어머니는 또다시 혼잣말처럼 중얼거렸다.

"이렇게 앉아 있으니 예전 일이 모두 꿈만 같구나. 사실 난 이삿날이 다가오면서 이즈로 오는 게 정말이지 싫었어. 니시카타마치 그 집에 하루, 아니 반나절이라도 더 있고 싶었어. 기차에 오를 때는 반쯤 죽을 것 같은 기분이었지. 여기 도착했을 때도 처음 잠시는 즐거웠지만, 날이 어두워지니 다시 도쿄가 그리워서 가슴이 타들어 갈 것 같았고 정신이 아찔해졌어. 보통 병이 아니었지. 신이 나를 한번 죽이신 다음 어제까지의 나와는 다른 나로 소생시켜주신 거야."

그리고서 오늘까지 우리 둘만의 산장 생활은 뭐 그럭저럭 별일 없이 평온하게 이어져 왔다. 마을 사람들도 우리에게 친절히 대해 주었다. 여기로 이사 온 것은 작년 12월이었는데, 1월, 2월, 3월, 4월의 오늘까지 우리는 식사 준비를 제외하면 대개 툇마루에서 뜨개질하거나 응접실에서 책을 읽거나 차를 마시면서 거의 세상과 동떨어진 생활을 했다. 2월에는 매화가 피어 마을 전체가 매화꽃으로 뒤덮였다. 그렇게 3월이 되어도 바람 없는 온화한 날이 많았던 탓에 만개한 매화는 조금도 시들지 않은 채 3월 말까지 아름답게 피어 있었다. 아침에도 낮에도 저녁에도 밤에도 매화는 탄성이 나올 정도로 아름다웠다. 툇마루 유리문을 열면 언제든 꽃향기가 방으로 쑥 흘러들어왔다. 3월 말에는 저녁 무렵 늘 바람이 불어서, 내가 저물녘 식당에서 밥상을 차리고 있으면 창을 통해 밥그릇 속으로 매화 꽃잎이 날라 젖어 들곤 했다. 4월이 되어 어머니와 툇마루에서 뜨개질하며 나누는 얘기는 대개 밭을 일구는 계획에 관한 것이었다. 어머니도 돕고 싶다고 했다. 아아, 이렇게 쓰고 보니 아무래도 우리는 언젠가 어머니가 말했던 대로 한 번 죽었다가 다른 사람으로 되살아난 사람 같기도 하다. 그러나 예수님과 같은 부활은 어차피 인간에게는 불가능한 일이 아닐까? 어머니는 그렇게 말했지만 그래도 역시 수프를 한 숟가락 들고는, 나오지 생각에 아, 하고 외친다. 그리고 사실 내 과거의 상처도 전혀 아물지 않았다.

아아, 뭐든 숨기지 말고 똑똑히 쓰고 싶다. 나는 혼자서 이 산장의 평온이 전부 거짓 눈속임에 지나지 않는다고 생각할 때조차 있다. 이것이 우리 모녀가 신께 받은 짧은 휴식 기간이라 하더라도 이미 이 평화에는 뭔가 불길하고 어두운 그림자가 살며시 다가와 있는 것 같아 견딜 수 없었다. 어머니는 행복을 가장하면서도 날마다 쇠약해져 갔고, 내 가슴에는 살모사가 살고 있어 어머니를 희생시키면서까지 살이 찐다. 스스로 아무리 억눌러 봐도 살이 찐다. 아아, 이것이 단지 계절 탓이라면 좋겠지만 나는 요즘 이런 생활이 정말 견딜 수 없을 때가 있다. 뱀 알을 태우는 몹쓸 짓을 한 것도 그런 나의 초조한 마음의 표현 중 하나였음이 틀림없다. 그리고 그저 어머니를 더욱 슬프게 하고 쇠약하게 만드는 것이다.

'사랑'이라고 쓰니 다음엔 아무것도 쓸 수 없게 되었다.

2

뱀 알 사건이 있고 열흘 정도 지나 불길한 일이 잇달아 일어났다. 어머니의 슬픔을 점점 더 깊어지게 했고, 그 수명을 줄어들게 했다.

내가 불을 낸 것이다.

내가 불을 낸다. 내 생애에 그렇게 두려운 일이 있으리라고는 어려서부터 지금까지 단 한 번도 꿈에서조차도 생각해 본 적이 없었다.

불을 소홀히 다루면 불이 난다는 지극히 당연한 걸 모를 만큼 나는 소위 말하는 '공주님'이었던 걸까?

밤중에 화장실 가려고 일어나 현관문 옆까지 갔는데 욕실 쪽이 환하게 보였다. 무심코 들여다보니 욕실 유리창은 새빨개져 있었고 타닥타닥하는 소리가 들렸다. 종종걸음으로 달려가 욕실 쪽문을 열고 맨발로 밖에 나가니 목욕탕 아궁이 옆에 쌓아놓은 장작더미가 엄청난 기세로 불타고 있었다.

마당과 이어져 있는 아래쪽 농가로 뛰어나가 있는 힘껏 문을 두드리며,

"나카이 씨! 일어나세요, 불이에요!"

하고 외쳤다.

나카이 씨는 벌써 잠자리에 들었던 모양이나,

"네, 곧바로 가겠습니다."

하고 대답하고는 내가 "부탁이에요, 빨리 좀 부탁해요!" 하고 말하는 사이에 유카타 잠옷 차림으로 집에서 뛰어나왔다.

둘이 불 난 옆으로 달려가 양동이로 연못 물을 퍼다 붓자 방 복도 쪽에서 앗! 하는 어머니의 비명이 들렸다. 나는 양동이를 내동댕이치고 마당에서 복도로 올라가,

"어머니, 걱정하지 마요. 괜찮아요. 쉬고 계세요."

하며 쓰러지려는 어머니를 끌어안아 잠자리로 데려가서 누이고는 다시 불 난 곳으로 뛰어갔다. 이번에는 목욕탕 물을 퍼서 나카이 씨에게 건넸고, 나카이 씨는 그걸 장작더미에 퍼부었다. 하지만 불길이 너무 세서 도저히 그 정도 물로는 꺼질 것 같지 않았다.

"불이야! 불이야! 별장에 불이야."

하는 소리가 아래쪽에서 들리더니 금방 마을 사람 네다섯 명이 울타리를 부수고 뛰어 들어왔다. 그리고는 울타리 밑 방화 용수를 릴레이식으로 양동이로 날라서 이삼 분 만에 불길을 잡아주었다. 좀만 더 있었어도 욕실 지붕으로 불길이 번질 뻔했다.

다행이라고 생각한 순간, 나는 이번 화재 원인을 깨닫고 흠칫했다. 정말 나는 그제야 비로소 이 화재 소동이 나한테 있다는 것을 안 것이다. 내가 저녁에 욕실 아궁이에서 타다 남은 장작을 꺼냈는데 그걸 꺼졌다고 착각하고 장작더미 옆에 놓아둔 것이 화근이었다. 그 사실을 깨닫고 울음이 터질 것 같아 자리에 꼼짝않고 서 있었는데 앞집 니시야마 씨네 며느리가 울타리 밖에서 하는 소리가 크게 들려왔다.

"욕실이 홀랑 다 타버렸어, 아궁이 불 단속을 잘 못 해서."

촌장 후지타 씨, 니노미야 순경, 소방단장 오우치 씨 등이 찾아왔다. 후지타 씨는 평소와 같은 온화한 웃는 얼굴로,

"놀라셨지요? 어떻게 된 겁니까."

하고 물었다.

"제가 잘못했어요. 불이 꺼진 줄 알고 장작을⋯."

하고 말하다가 스스로 너무 비참하다는 생각에 눈물이 넘쳐 고개를 푹 숙인 채 입을 다물었다. 그때는 경찰서로 끌려가 벌을 받을지도 모른다고 생각했다. 맨발에다 잠옷 차림인, 흐트러진 자신의 모습이 갑자기 부끄러워지면서 정말이지 꼴불견이구나 싶었다.

"알겠습니다. 어머님은요?"

후지타 씨는 위로하는 듯한 어조로 조용히 말했다.

"방에서 쉬시도록 했어요. 많이 놀라셔서⋯."

"그래도 뭐."

하며 젊은 니노미야 순경도

"집에 불이 붙지 않아 다행이에요."

하고 위로하듯이 말했다.

그러자 아래쪽 농가의 나카이 씨가 다시 옷을 갈아입고 와서는

"뭐, 장작이 조금 탔을 뿐입니다. 불이랄 것도 없어요."

하고 숨을 몰아쉬면서 내 어리석은 과실을 감싸주었다.

"그래요? 잘 알겠습니다."

촌장인 후지타 씨는 몇 번이고 고개를 끄덕이고는 니노미야 순경과 뭔가 작은 소리로 의논하더니,

"그럼 이제 돌아갈 테니 어머니께 안부 잘 전해 주세요."

하고 바로 소방단장인 오우치 씨와 다른 분들과 함께 돌아갔다.

니노미야 순경만 남았다가 내 앞으로 가까이 다가오더니 아주 작고 낮은 목소리로,

"그럼 오늘 밤 있었던 일에 대해서는 따로 신고하지 않겠습니다."

하고 말했다.

니노미야 순경이 돌아가자 아래쪽 농가의 나카이 씨가

"니노미야 씨가 뭐라 하셨나요?"

하고 정말로 걱정스럽다는 듯 긴장된 목소리로 물었다.

"신고하지 않으시겠대요."

울타리 쪽에 남아 있던 동네 사람들은 내 대답을 들었는지, 그래, 잘됐다, 잘됐어! 하며 천천히 돌아갔다.

나카이 씨도 안녕히 주무시라고 하며 돌아갔다. 그리고 나는 혼자 멍하니 불탄 장작더미 옆에 서서 눈물을 글썽이며 하늘을 올려다보았다. 이미 새벽녘에 가까운 하늘빛이었다.

욕실에서 손발과 얼굴을 씻었다. 어머니 보기가 왠지 두려워 욕실 옆 작은 방에서 머리를 다시 손질하며 꾸물대다가 부엌으로 가서 날이 완전히 샐 때까지 부엌 식기 정리 등 특별히 지금 하지 않아도 되는 일을 했다.

날이 밝아와서 방 쪽으로 살며시 발소리를 죽이며 가 보니 어머니는 이미 옷을 갈아입고서 응접실 의자에 몹시 지친 듯 앉아 있었다. 나를 보고 빙긋 웃었으나 그 얼굴은 깜짝 놀랄 만큼 창백했다.

나는 웃음기 없이 잠자코 어머니가 앉아 있는 의자 뒤에 섰다.

잠시 후 어머니가

"아무 일도 아니었어. 어차피 태우기 위해 갖다 놓은 장작인걸."

하고 말했다.

나는 갑자기 즐거워져서 후후 웃었다. '경우에 합당한 말은 아로새긴 은쟁반에 금사과이다'라는 성서의 잠언을 떠올리며, 이런 온화한 어머니를 가진 자신의 행복에 대해 진심으로 신께 감사드렸다. 어젯밤 일은 어젯밤 일, 더는 끙끙대지 않을 거라고 생각하며, 응접실 유리문 너머 아침 녘의 이즈 바다를 바라보았다. 계속해서 어머니 뒤에 서 있자니 마지막에는 어머니의 차분한 호흡과 내 호흡이 딱 일치되었다.

아침 식사를 가볍게 마치고 나는 불탄 장작더미를 정리하기 시작했는데 이 마을에 딱 하나 있는 여관 주인 오사키 씨가,

"무슨 일이에요? 무슨 일 났어요? 나 지금 처음 들었는데 도대체 어젯밤 무슨 일이었어요?"

하며 마당 사립문에서 종종걸음으로 뛰어오더니 눈물을 글썽였다.

"죄송합니다."

나는 들릴까 말까 한 소리로 사죄했다.

"죄송이고 뭐고. 그것보다도 아가씨, 경찰에서는 뭐래요?"

"괜찮대요."

"이런 다행이네요."

하고 진심으로 기쁜 표정을 지었다.

나는 오사키 씨에게 마을 사람들한테 어떤 형태로 감사와 사과를 하면 좋을지 물었다. 오사키 씨는 역시 돈이 좋다며 돈을 가지고 사과

하러 가야 할 집들을 가르쳐 주었다.

"하지만 아가씨가 혼자 다니기 그러면 나도 따라가 줄게요."

"혼자 가는 편이 낫겠죠?"

"혼자 갈 수 있겠어요? 그야 혼자 가는 편이 낫지요."

"혼자 갈게요."

그리고 오사키 씨는 불에 탄 곳 치우는 걸 잠시 도와주었다.

정리가 끝난 뒤 나는 어머니한테서 돈을 받아 백 엔 지폐를 한 장씩 미농지로 싸고 종이마다 '죄송합니다'라고 썼다.

우선 첫 번째로 마을 사무소에 갔다. 촌장인 후지타 씨가 자리에 없어서 접수 보는 아가씨에게 종이 꾸러미를 내밀며,

"어젯밤에 정말로 죄송했습니다. 앞으로 조심할 테니 부디 용서해 주세요. 촌장님께 잘 말씀드려 주세요."

하고 사과를 드렸다.

그리고 소방단장인 오우치 씨 댁에 갔는데, 오우치 씨가 현관에 나와 나를 보고 묵묵히 슬픈 표정의 미소를 지은 탓에 나는 왠지 갑자기 울고 싶어졌다.

"어젯밤은 죄송했습니다."

라는 말만 겨우 하고서 서둘러 인사하고 나오는데, 가는 길에 눈물이 넘쳐 얼굴이 엉망이 되는 바람에 일단은 집으로 돌아왔다. 세면대에서 얼굴을 씻고 화장을 고친 다음 다시 나가려고 현관에서 신발을 신는데 어머니가 나와서,

"아직 갈 데가 남았니?"

하고 물었다.

"네, 이제부터예요."

나는 고개를 들지 않은 채 대답했다.

"고생이 많구나."

어머니가 차분히 말했다.

어머니의 애정에 힘입어 이번엔 단 한 번도 울지 않고 전부 돌 수 있었다.

구청장님 댁에 가니 구청장님은 안 계시고 며느리가 나왔는데, 나를 보자마자 오히려 그쪽에서 눈물을 글썽였다. 또 순경 집에서는 니노미야 순경이 다행이네, 다행이야 하고 말해 주는 등 모두 마음씨 좋은 분들뿐이었다. 그리고서 근처 집들을 돌았는데 역시 모두 동정하며 위로해 주었다. 다만, 앞집 니시야마 씨네 며느리인 마흔쯤 된 아주머니, 그 사람한테만은 호되게 혼이 났다.

"앞으로는 조심하세요. 황족인지 뭔지 모르겠지만, 저는 예전부터 당신네 소꿉놀이 같은 생활을 조마조마하며 지켜봤어요. 어린애 둘이 사는 것 같아서 지금까지 불이 안 난 게 이상할 정도예요. 정말 이제부터는 조심하세요. 어젯밤도 당신, 만약 바람이 세게 불었다면 이 마을 전체가 불타 버렸을 거예요."

아래쪽 농가 나카이 씨 등이 촌장님과 니노미야 순경 앞으로 달려가서 불이라 할 만한 게 아니라고 두둔해주신 것에 비해, 이 니시야마 씨네 며느리는 울타리 밖에서, "욕실이 다 타버렸어, 아궁이 불 단속을 허술하게 해서 그래."하고 큰 소리로 말했던 사람이다. 하지만 나는 니시야마 씨네 며느리의 꾸지람에서도 진실함을 느꼈다. 진짜 그 말 그대로라고 생각했다. 니시야마 씨네 며느리를 전혀 원망할 게 없다. 어머니는 어차피 태우기 위한 장작이라고 농담으로 나를 위로해 줬지만, 니시야마 씨네 며느리 말대로 이 마을 전체가 타버렸을지도 모른다. 그렇게 되면 나는 죽음으로 사죄해도 소용이 없다. 내가 죽으면 어머니도 못 살 테고, 또한 돌아가신 아버지의 이름을 더럽히는 일이 되기도 한다. 이젠 황족이고 화족이고 다 없어져 버렸지만, 어차피 몰락할 거라면 화려하게 몰락하고 싶다. 화재를 내고 속죄하기 위해 죽다니, 그런 비참한 죽음이라면 절대 죽을 수가 없다. 어쨌든 제정신을 차려야 한다.

나는 이튿날부터 밭일에 온 힘을 쏟았다. 아랫녘 농가 나카이 씨네 딸이 가끔 도와주었다. 불을 내는 등 추태를 보인 이후로, 내 몸의 피가 어쩐지 다소 검붉어진 듯한 느낌이 들었다. 그전에는 내 가슴에 심술궂은 살모사가 살았는데 이번에는 피 색깔마저 조금 바뀌었으니 점점 야생 시골 처녀가 되어가는 것 같았다. 어머니와 툇마루에서 뜨개질해도 이상하게 답답하고 숨이 막혀 차라리 밭에 나가 땅을 일구는 쪽이 마음 편할 정도였다.

육체노동이라는 게 이런 걸까? 이런 힘쓰는 일이 내게 처음은 아니었다. 나는 전쟁 때 징용을 당해 달구질*도 해보았다. 지금 밭에 신고 나가는 작업용 신발도 그때 군에서 배급받은 것이다. 작업용 신발

---

* 달구질: 터를 다지는 일.

이라는 것을 그때 그야말로 처음 신어보았는데 깜짝 놀랄 정도로 착용감이 좋았다. 그걸 신고 마당을 걸어보니 새나 짐승이 맨발로 땅바닥을 걷는 홀가분함을 잘 알 것 같아, 정말 가슴에 소용돌이가 이는 것처럼 기뻤다. 전쟁 중 즐거웠던 기억은 그것 하나뿐이다. 생각해 보면 전쟁 따윈 시시한 것이었다.

　작년에는 아무 일도 없었다.
　재작년에는 아무 일도 없었다.
　그 이전 해에도 아무 일도 없었다.

　이런 재미있는 시가 종전 직후 한 신문에 실렸다. 지금 생각해 봐도 갖가지 일이 있었던 것 같지만 역시 아무 일도 없었던 것과 마찬가지라는 느낌이 든다. 나는 전쟁에 관한 추억은 말하는 것도 듣는 것도 싫다. 사람들이 많이 죽었지만, 진부하고 지루하다. 그런데 역시 난 제멋대로인 사람인 걸까? 내가 징용되어 작업용 신발을 신고 달구질을 했던 때 일만큼은 그리 진부하다고 생각되지 않는다. 꽤 싫기도 했지만 나는 그 달구질 덕분에 몸이 완전히 튼튼해졌다. 지금도 나는 생활이 더 곤궁해지면 달구질을 해서 살아갈 마음이 있을 정도다.
　전쟁이 점점 절망적으로 되어갈 때 군복 비슷한 옷을 입은 남자가 니시카타마치 집으로 찾아와 내게 징용 통지서외 노동 일정을 쓴 종이를 건넸다. 일정을 보니 그다음 날부터 격일로 다치카와(立川)의 깊은 산속에 다녀야 했기에 나도 모르게 눈에서 눈물이 쏟아졌다.

"대리인은 안되나요?"

눈물이 그치지 않아서 흐느껴 울고 말았다.

"군이 당신한테 일을 시킨 거니 반드시 본인이어야만 합니다."

그 남자는 굳은 어조로 답했다.

나는 가기로 마음먹었다.

그 이튿날에는 비가 왔고, 우리는 다치카와 산기슭에 정렬해서 먼저 장교의 설교부터 들었다.

"전쟁은 반드시 이긴다."

하고 전제를 단 다음,

"전쟁은 반드시 이기겠지만 여러분이 군의 명령대로 일하지 않으면 작전에 지장을 초래해 오키나와와 같은 결과를 낳을 것이다. 반드시 지시받은 일만큼은 해 주었으면 한다. 그리고 이 산에도 스파이가 들어와 있을지 모르니 서로 주의하도록! 여러분은 앞으로 군대와 마찬가지로 진지 속에 들어와 일하는 것이므로 진지의 상황은 절대로 다른 사람에게 말하지 않도록 충분히 주의하기 바란다."

라고 말했다.

산에는 비가 부옇게 내렸고, 남녀 모두 합쳐 오백 명에 가까운 대원이 비를 맞고 서서 그 이야기를 들었다. 대원 중에는 초등학교 남학생 여학생도 섞여 있었는데 모두 추운 듯 울상을 짓고 있었다. 비는 내 비옷을 뚫고 겉옷으로 스며들더니 이윽고 속옷까지 적실 정도였다.

그날은 온종일 삼태기*를 져서 날랐고, 돌아오는 전차 안에서는 눈물이 나와 어쩔 바를 몰랐다. 그다음에는 달구 줄을 끌었다. 난 그 일이 가장 재미있었다.

두 번 세 번 산에 가는 중에 초등학교 남학생들이 내 모습을 이상하게 빤히 쳐다보았다. 어느 날 내가 삼태기 작업을 하고 있는데 남학생 두세 명이 내 곁을 지나치면서 그중 하나가

"저 사람이 스파이야?"

하고 작은 소리로 말하는 걸 듣고 나는 깜짝 놀랐다.

"왜 그런 말을 하는 걸까요?"

나는 나와 함께 삼태기를 짊어지고 걷고 있는 젊은 처녀에게 물었다.

"외국인 같으니까요."

젊은 처녀는 진지하게 대답했다.

"당신도 나를 스파이라고 생각하시나요?"

"아뇨."

이번에는 살짝 웃으며 대답했다.

"저, 일본인이에요."

라고 하고는, 자신의 말이 스스로 생각해도 바보 같은 난센스처럼 여겨져 혼자 킥킥 웃었다.

어느 화창한 날에 나는 아침부터 남자들과 함께 통나무를 운반하고 있는데 간시 당번인 젊은 장교가 얼굴을 찌푸리며 나를 손가락으

---

* 삼태기: 대나 짚으로 엮어 거름, 흙, 쓰레기 따위를 담아 나르는 그릇.

로 가리켰다.

"어이, 당신. 당신 이리 와 봐."

하고 소나무 수풀 쪽으로 걸어갔다. 나는 불안과 공포로 가슴을 졸이며 그 뒤를 따라갔다. 거기엔 제재소에서 막 도착한 판자가 쌓여 있었는데 장교는 그 앞에 멈춰서서 휙 하고 내 쪽으로 몸을 돌리더니,

"매일 힘들죠? 일단 오늘은 이 목재 지키는 일을 해 주십시오."

라고 하며 하얀 이를 드러내고 웃었다.

"여기에 서 있으면 되나요?"

"여기는 시원하고 조용하니까 이 판자 위에서 낮잠이라도 주무십시오. 만약 지루하면 이건 읽으셨을지 모르겠지만."

하고 윗옷 주머니에서 작은 문고본을 꺼내 쑥스러운 듯 판자 위에 던졌다.

"이런 거라도 읽고 계십시오."

문고본에는 '트로이카'라고 쓰여 있었다.

내가 그 문고본을 집어 들고

"감사합니다. 우리 집에도 책을 좋아하는 사람이 있어요. 지금은 남방에 가 있지만요."

라고 하니 잘못 들었는지,

"아, 그래요? 바깥어른 말씀이군요. 남방이라면 힘들겠네요."

하고 고개를 흔들며 차분히 말하고는,

"어쨌든 오늘은 여기에서 보초 일을 하는 것으로 하고, 도시락은 나중에 제가 가져다드릴 테니 편히 쉬십시오."

하고 내뱉고는 서둘러 돌아갔다.

나는 목재에 걸터앉아 문고본을 읽었는데, 반 정도 읽었을 때 그 장교가 뚜벅뚜벅 구두 소리를 내며 다가오더니,

"도시락을 가지고 왔습니다. 혼자라서 심심하지요?"

하며 도시락을 풀밭 위에 놓아두고는 다시 급한 발걸음으로 돌아갔다.

나는 도시락을 다 먹고 이번에는 목재 위에 기어 올라가 누워서 책을 읽었다. 다 읽고 나서는 꾸벅꾸벅 낮잠을 자기 시작했다.

눈을 뜬 것은 오후 3시가 지나서였다. 나는 문득 그 젊은 장교를 예전에 어디선가 본 적이 있는 것 같아 생각해 내보려 했지만, 기억이 나지 않았다. 목재에서 내려와 머리를 매만지고 있는데 또 뚜벅뚜벅 구두 소리가 들려왔다.

"오늘 정말 수고 많았습니다. 이제 돌아가셔도 좋습니다."

나는 장교 쪽으로 달려가 문고본을 내밀고 고맙다는 인사를 하려 했으나 말이 나오지 않아 잠자코 장교의 얼굴을 올려다보았다. 두 사람의 눈이 마주쳤을 때, 내 눈에서 눈물이 뚝뚝 흘러 떨어졌다. 그러자 그 장교의 눈에서도 반짝하고 눈물이 빛났다.

그대로 말없이 헤어졌지만, 그 젊은 장교는 그때 이후로 우리가 일하는 곳에 얼굴을 비치지 않아 나는 그날 단 하루만 놀 수 있었을 뿐, 그리고서는 여전히 격일로 다치카와 산에서 괴로운 작업을 계속했다. 어머니가 내 몸에 대해 몹시 걱정했지만 난 오히려 튼튼해져서 지금은 달구질 장사도 할 만하겠다는 은근한 자신감이 생겼고, 또 밭일

도 그다지 힘들어하지 않는 여자가 되었다.

전쟁에 대해서는 말하는 것도 듣는 것도 싫다고 해놓고 그만, 나 자신의 '귀중한 체험담'을 말해 버렸는데, 그래도 전쟁에 관한 추억 중 조금이라도 말하고 싶은 생각이 드는 건 대충 이 정도이고 나머지는 언젠가의 그 시처럼,

작년에는 아무 일도 없었다.

재작년에는 아무 일도 없었다.

그 이전 해에도 아무 일도 없었다.

라고 말하고 싶을 정도로 그냥 시시하고, 내 몸에 남아 있는 건, 이 작업용 신발 한 켤레라는 허무함만 있다.

작업용 신발 때문에 그만 쓸데없는 이야기로 빗겨 나갔다. 나는 전쟁의 유일한 기념품이라고도 할 만한 이 작업용 신발을 신고 매일같이 밭에 가서 가슴속 은밀한 불안감과 초조함을 달래고 있지만, 어머니는 요즘 눈에 띄게 나날이 쇠약해지는 것 같다.

뱀 알.

화재.

그 무렵부터 어쩐지 어머니는 부쩍 병자 같아졌다. 내 쪽은 그와 반대로 점점 거칠고 상스러운 여자가 되어 가는 듯하다. 왠지 아무래도 내가 어머니의 생기를 빨아들여 살쪄가는 듯한 느낌이 들어 견딜 수가 없다.

불이 났을 때도 어머니는 태우려고 갖다 놓은 장작이라고 농담할 뿐, 화재에 대해서는 한마디도 하지 않고 오히려 나를 위로해 주려 했다. 하지만 틀림없이 어머니가 받은 충격이 내심 내 열 배는 더 컸을 것이다. 그 화재가 있고 나서 어머니는 한밤중에 이따금 신음하곤 한다. 또 바람이 거센 밤이면 화장실에 가는 척하며 한밤중에 몇 번이고 잠자리에서 빠져나가 집 안을 돌아보았다. 늘 낯빛이 흐렸고 걷는 것조차 힘겨워 보이는 날도 있었다. 전에는 내가 그만두라고 하는데도 밭일을 돕고 싶다고 해서, 우물에서 밭 있는 데까지 커다란 통으로 물을 대여섯 번 운반하고는 이튿날 숨도 못 쉴 정도로 어깨가 결린다며 온종일 누워 계신 적도 있었다. 그런 일이 있고부터는 정말이지 밭일을 포기한 듯 이따금 밭에 나오더라도 그저 내가 일하는 모습만 물끄러미 바라볼 뿐이었다.

"여름꽃을 좋아하는 사람은 여름에 죽는다는데 진짤까?"

오늘도 어머니는 내가 밭일하는 걸 가만히 보다가 불쑥 그런 말을 했다. 나는 잠자코 가지에 물을 주고 있었다. 아, 그러고보니 벌써 초여름이다.

"나는 자귀나무 꽃을 좋아하는데 이 정원엔 한 그루도 없네."

어머니가 다시 조용히 말씀하셨다.

"협죽도가 많잖아요."

나는 일부러 무뚝뚝한 어조로 말했다.

"그건 싫어. 여름꽃은 대개 좋아하지만 그건 너무 제멋대로 자라서."

"저는 장미를 좋아해요. 하지만 그건 사계절 내내 피는데, 장미를 좋아하는 사람은 봄에 죽고, 여름에 죽고, 가을에 죽고, 겨울에 죽고, 네 번이나 죽어야 하나요?”

우리 둘은 웃었다.

“좀 안 쉴래?”

어머니는 다시 웃었다.

“오늘은 가즈코랑 좀 의논하고 싶은 게 있어.”

“뭔데요? 죽는 이야기라면 딱 질색이에요.”

나는 어머니 뒤를 따라가 등나무 시렁 아래 벤치에 나란히 앉았다. 등나무 꽃은 이미 다 졌고, 부드러운 오후 햇살이 그 잎사귀를 통해 우리 무릎 위로 내려와 초록빛으로 물들었다.

“전부터 들어줬으면 싶었는데 서로 기분 좋을 때 말하려고 해서 오늘까지 기회를 엿본 거야. 어차피 좋은 이야기가 아니니까. 하지만 오늘은 왠지 나도 술술 이야기할 수 있을 것 같아서 말이야. 그냥 너도 참고 끝까지 들어 줘. 실은 말이지, 나오지가 살아 있어.”

나는 몸이 굳어졌다.

“5, 6일 전에 와다 숙부한테 소식이 왔어. 숙부 회사에 예전 근무했던 분이 최근에 남방에서 돌아와 숙부님 댁에 인사차 왔는데, 그때 이런저런 이야기를 나누던 끝에, 그분이 우연히도 나오지와 같은 부대에 있었고 나오지가 무사하며 곧 귀환할 거라는 사실을 알게 되었어. 그런데 한가지 안 좋은 게 있어. 그분 말로는 나오지가 아주 심한 아편중독인 모양이야.”

“또!”

나는 마치 쓴맛을 본 것처럼 입술을 일그러뜨렸다. 나오지는 고등학교 때, 어느 소설가 흉내를 내다가 마약중독에 빠졌고 그 때문에 약방에 엄청난 금액의 빚을 졌다. 어머니는 그 약방 빚을 갚는 데 2년이나 걸렸다.

"그래, 또 시작한 모양이야. 하지만 그게 낫기 전에는 귀환이 허락되지 않으니 분명히 고쳐서 올 거라고 그분이 말씀하셨대. 숙부 편지로는 고치고 돌아오더라도 그런 마음가짐을 가진 사람이면 곧바로 어디 취직할 수도 없다고, 지금 이 혼란스러운 도쿄에서 일하면 제대로 된 인간도 조금은 미칠 것 같은 기분이 드는데 이제 막 중독을 고친 반 병자인 사람이면 금방 정신이상이 되어 무슨 일을 저지를지 모른다고, 그러니 나오지가 돌아오면 곧바로 이곳 이즈 산장에 데려다가 아무 데도 내보내지 말고 당분간 여기에서 요양하게 하는 것이 좋겠다는 거야. 그리고 말이야, 가즈코. 숙부가 또 하나 당부하셨어. 숙부 이야기로는 이제 우리 돈이 하나도 안 남았대. 저금 봉쇄니 재산세니 이제 숙부도 지금까지 해온 것처럼 우리에게 돈을 보내는 게 힘들게 되었다네. 그래서 말이야. 나오지가 돌아오고 엄마와 나오지와 가즈코 우리 셋이 놀고먹으면 숙부도 그 생활비를 대주는 게 많이 힘드니 당장 가즈코의 혼처를 알아보든지, 아니면 고용살이할 집을 찾든지, 어느 쪽이든 하라고, 그런 말씀이었어."

"고용살이라니, 시모살이 말인가요?"

"아니, 숙부는 말이야, 저기 그, 고마바*의…."

하며 어머니는 어느 황족 이름을 들었다.

"그 황족이라면 우리와도 혈연관계이고, 따님의 가정교사를 겸해서 고용살이하면 가즈코가 그렇게 외롭고 궁핍하다는 느낌 없이 지낼 거라고 하셨어."

"다른 일자리는 없을까요?"

"다른 직업은 가즈코에게 아무래도 무리일 거라고 하셨어."

"왜 무리죠? 어째서 무리예요?"

어머니는 쓸쓸하게 미소지을 뿐 아무 대답도 하지 않았다.

"싫어요! 전, 그런 얘기."

나로서도 엉뚱한 말을 내뱉는구나 싶었다. 하지만 멈추지 않았다.

"제가 이런 작업용 신발을, 이런 신발을…."

하고 말하다가 나도 모르게 와락 눈물이 터지고 말았다. 고개를 들어 손등으로 눈물을 훔치며 어머니한테 이러면 안 된다고 생각했지만, 말은 무의식처럼 육체와 전혀 상관없이 잇달아 쏟아져 나왔다.

"언젠가 말씀하셨잖아요. 가즈코가 있으니까, 가즈코가 있어 주니까 어머니가 이즈로 가는 거라고요. 가즈코가 없으면 죽어버리겠다고 하셨잖아요. 그래서, 그러니까 저는 아무 데도 안 가고 어머니 곁에서 이렇게 작업용 신발을 신고 어머니께 맛있는 채소를 드리고 싶다고 그런 생각만 하고 있는데, 나오지가 돌아온다니까 갑자기 저를 귀찮

---

* 고마바(駒場): 메구로구(目黑區) 북쪽. 도쿄대학 교양학부 소재지.

다고 황족의 하녀로 가라니, 너무해요. 정말 너무해요!"

자신도 심한 말을 내뱉고 있다고 생각했지만, 말은 별개의 생물처럼 아무리 해도 멈출 수 없었다.

"가난해지고 돈이 떨어지면 우리 옷을 팔면 되잖아요? 이 집도 팔아 버리면 되잖아요. 저는 뭐든 할 수 있어요. 이 마을 사무소 여직원이든 뭐든 될 수 있어요. 사무소에서 써주지 않으면 달구질이라도 할 수 있어요. 가난 따윈 아무것도 아니에요. 어머니만 저를 사랑해 준다면 저는 평생 어머니 곁에만 있겠다고 생각했는데 어머니는 저보다 나오지가 더 귀여운 거죠? 나갈게요. 전 나갈 거예요. 어차피 전 나오지랑 옛날부터 성격이 안 맞았으니까 셋이 같이 살아봤자 서로 불행할 거예요. 저는 지금까지 오랫동안 어머니와 둘이서만 살았으니 더는 여한이 없어요. 앞으로 나오지가 어머니랑 둘이서 오붓하게 살고 그렇게 나오지가 많이 효도하면 되겠네요. 저는 이제 싫어졌어요. 지금까지 생활이 싫어졌어요. 나갈게요. 오늘, 지금 당장 나갈게요. 전 갈 데가 있어요."

나는 일어섰다.

"가즈코!"

어머니는 엄격한 어조로 나를 불렀고, 일찍이 내게 보인 적이 없을 만큼 위엄에 찬 표정으로 훌쩍 자리에서 일어나 나와 마주 섰다. 나보다도 더 키가 큰 듯 보였다.

나는 "죄송해요."라고 당장 말하고 싶었지만, 그 말이 도저히 입 밖으로 나오지 않고 오히려 다른 말이 나와 버렸다.

"속였어요. 어머니는 저를 속이신 거예요. 나오지가 올 때까지 저를 이용하신 거예요. 저는 어머니의 하녀였어요. 볼일이 끝났으니 이젠 황족 집으로 가라는 거예요."

엉엉 소리를 내며 나는 선 채로 목놓아 울었다.

"넌 바보구나."

나직한 어머니의 목소리가 노여움에 떨리고 있었다.

나는 고개를 들고

"그래요, 바보예요. 바보라서 속은 거예요. 바보라서 거추장스러운 거예요. 없는 편이 좋겠죠? 가난이 어떤 거예요? 돈은 뭐냐고요? 저는 모르겠어요. 애정, 어머니의 애정, 저는 그것 하나만 믿고 살아왔어요."

하고 또다시 어리석고 엉뚱한 말을 내뱉었다.

어머니는 휙 하고 고개를 돌렸다. 울고 있는 거다. 나는 "죄송해요." 하며 어머니 품에 안기고 싶었지만, 밭일로 손이 더러워져 있는 게 좀 신경이 쓰였다. 이상하게도 천연덕스럽게

"저만 없어지면 되죠? 나갈게요. 전 갈 곳이 있어요."

하고 내뱉고는 그대로 종종걸음으로 욕실로 갔다. 흐느껴 울며 얼굴과 손발을 씻은 뒤 방에 가서 옷을 갈아입다가 또 으앙 하고 큰 소리로 정신없이 울어댔다. 마음껏 한번 울어보고 싶어 2층 방으로 뛰어 올라가 침대에 몸을 던지고는 담요를 머리까지 뒤집어쓰고 얼굴이 핼쑥해질 정도로 심하게 울었다. 그러는 사이에 정신이 멍해지면서 차츰 어떤 한 사람이 너무나 그리워졌다. 견딜 수 없게 얼굴이 보고 싶고 목소리가 듣고 싶어졌다. 두 발바닥에 뜨거운 뜸을 뜨며 가만

히 참고 있는 듯한 묘한 기분이 들었다.

저녁 무렵, 어머니가 조용히 2층 방으로 들어와 딸각 전등불을 켜고는 침대 쪽으로 다가왔다.

"가즈코."

하고 아주 다정하게 불렀다.

"네."

나는 일어나 침대 위에 앉아 양손으로 머리를 쓸어올리며 어머니 얼굴을 보고 후후 웃었다. 어머니도 희미하게 웃더니 창 밑 소파에 깊숙이 몸을 파묻었다.

"난 난생처음으로 와다 숙부의 말을 안 들었어. 엄만 말이야, 방금 숙부에게 답장을 썼어. 내 자식들 일은 내게 맡겨 달라고 썼어. 가즈코, 옷을 팔자. 우리 둘 옷을 다 팔아서 맘껏 쓰며 사치스럽게 살자. 난 이제 네게 밭일 같은 건 시키고 싶지 않아. 비싼 채소를 사도 되잖니? 그렇게 매일 밭일을 하다니 너한테 무리야."

실은 나도 매일 밭일하는 것이 좀 힘들기 시작하던 참이었다. 방금 그렇게 미친 듯 울부짖은 것도 밭일의 피로와 슬픔이 뒤섞여 모든 게 원망스럽고 싫어졌기 때문이다.

나는 침대 위에서 고개를 숙인 채 잠자코 있었다.

"가즈코."

"네."

"갈 곳이 있다고 했는데 어디지?"

나는 스스로 목덜미까지 붉어진 것을 의식했다.

"호소다 씨?"

나는 잠자코 있었다.

어머니는 깊은 한숨을 쉬었다.

"옛날이야기 해도 되니?"

"예."

나는 작은 목소리로 대답했다.

"네가 야마키 씨 댁에서 나와 니시카타마치 집으로 돌아왔을 때 엄마는 너를 전혀 나무랄 생각이 없었지만 그래도 단 한마디, '엄마가 너한테 배신당했어'라고 했지. 기억나니? 그러니까 너는 울음을 터뜨렸고…. 나도 배신이라는 심한 말을 써서 잘못했다고 생각했지만…."

하지만 나는 그때 어머니에게 그런 말을 듣고 왠지 고맙고 기뻐서 울었었다.

"엄마가 말이야. 그때 배신당했다고 말한 것은 네가 야마키 씨 댁을 나와서가 아니야. 야마키 씨한테 가즈코가 실은 호소다와 애인 사이였다는 말을 들어서야. 그 말을 들었을 때 정말로 난 얼굴빛이 바뀌는 줄 알았어. 그럴 것이 호소다 씨는 아주 예전부터 부인과 아이가 있으니 아무리 이쪽이 사모한들 아무 소용이 없을 테고…."

"애인 사이라니, 그런 심한 말을. 야마키 씨가 그냥 그렇게 잘못 알았을 뿐이에요."

"그래? 너 설마 그 호소다 씨를 아직도 계속해서 생각하고 있는 건 아니지? 갈 데라는 게 어디야?"

"호소다 씨는 아니에요."

"그래? 그럼 어디지?"

"어머니, 제가 요즘 생각한 건데요, 인간이 다른 동물과 완전히 다른 점이 뭘까요? 언어도, 지혜도, 사고도, 사회 질서도 각각 정도 차이는 있더라도 다른 동물도 다 갖고 있잖아요? 신앙도 갖고 있을지 몰라요. 인간이 만물의 영장이라고 으스대고 있지만 다른 동물과의 본질적인 차이는 전혀 없잖아요? 그런데 어머니, 딱 하나 있어요. 잘 모르시겠죠? 다른 생물들에게는 절대로 없고 인간에게만 있는 것. 그건 비밀이라는 거예요. 어떠세요?"

어머니는 희미하게 얼굴을 붉히고는 아름답게 웃었다.

"응, 가즈코의 비밀이 좋은 결실을 보면 좋을 텐데. 엄마는 매일 아침 아버지에게 가즈코를 행복하게 해 달라고 빌고 있어."

내 가슴 속에 갑자기 아버지와 함께 나스노(奈須野)를 드라이브하다 도중에 내려다본 가을 들판의 경치가 떠올랐다. 싸리꽃, 패랭이꽃, 용담, 여랑화 등 가을꽃들이 피어 있었다. 개머루 열매는 아직 파랬다.

그리고 아버지랑 비와 호*에서 모터보트를 타다가 내가 물에 뛰어들었을 때 모습이 전후 관계없이 휙 가슴 속에 떠올랐다가 사라졌다. 그때 수초에 살던 작은 물고기가 내 다리에 닿았고, 내 다리 그림자는 호수 바닥에 또렷이 비쳐 움직이고 있었다.

나는 침대에서 미끄러져 내려와 어머니 무릎을 껴안고 비로소,

"어머니, 아까는 죄송했어요."라고 말할 수 있었다.

---

*   비와 호(琵琶湖): 사가현 중앙부에 있는 일본에서 제일 큰 호수.

생각해 보면 그 무렵이 우리 행복의 마지막 남은 불빛이 빛나던 때였다. 그 후 나오지가 남방에서 돌아와 우리의 진짜 지옥이 시작되었다.

3

어쩐지 이제 도저히 살 수 없을 것 같은 초조함. 이것이 그 불안인지 뭔지 하는 감정일까? 가슴에 괴로운 파도가 밀려들었다. 그것은 마침 소나기가 지나간 후의 하늘에 흰 구름이 부산하게 잇달아 내달리듯 내 심장을 조였다 풀었다 한다. 내 맥박은 불규칙적으로 뛰고, 호흡이 가빠지고 눈앞이 뿌옇게 어두워지면서 전신의 힘이 손가락 끝에서부터 쑥 빠져버리는 듯한 느낌이 들어 뜨개질을 계속할 수 없었다.

요즘엔 비가 음산하게 계속 내려 뭘 해도 찌뿌둥하다. 오늘은 툇마루에 등나무 의자를 가져다 놓고, 올봄에 한 번 뜨기 시작했다 놔둔 스웨터를 다시 떠볼 생각이다. 나는 연한 모란꽃 색이 바랜 듯한 털실에다 코발트블루의 실을 더해 스웨터를 뜰 생각이다. 이 연한 모란꽃 색 털실은 벌써 이십 년도 전에 내가 아직 초등학교에 다니던 무렵, 어머니가 내 목도리로 떠 준 그 털실이다. 목도리 끝은 두건으로 되어 있어서 내가 그걸 쓰고 거울을 들여다보면 꼬마 도깨비 같았다. 게다가 색이 다른 친구들 목도리랑 완전히 달랐는데 나는 그게 너무 싫었다. 간사이* 지방의 고액 납세자 집 친구가 "좋은 목도리를 했네."하고 어른스러운 말투로 칭찬해 주었지만, 나는 점점 부끄러워져서 그 후로는 한 번도 이 목도리를 두른 적이 없었고, 오랫동안 내팽개쳐 놨었다. 그걸 올해 봄 사장된 물건의 부활이라는 의미에서 풀어 스웨터로 만들려고 떠보았는데, 아무래도 이 바랜 색이 마음에 들지 않아 다시 내팽개쳤다가 오늘 너무 무료해서 그냥 꺼내 천천히 떠본 것이다. 그런데 나는 뜨개질 하는 중에 이 연한 모란꽃 색 털실과 금방이라도 비가 내릴 듯한 잿빛 하늘이 하나로 융화되어 뭐라 형언할 수 없을 정도로 부드럽고 은은한 색조를 만들어내고 있다는 걸 깨달았다. 나는 몰랐던 거다. 옷은 하늘빛과의 조화를 생각해야 한다는 중요한 사실을 몰랐던 거다. 조화란 얼마나 아름답고 멋진 일인가. 잠시 놀라 멍해진 형국이다. 잿빛 비구름 하늘과 연한 모란꽃 색 털실, 그 두 가지를 섞자 양쪽이 동시에 살아 숨 쉬었다. 신기하다. 손에 든 털실이 갑자기 포근해지고, 차가운 비구름 하늘도 벨벳처럼 부드럽게 느껴진다. 그리고 모네의 안개 속의 의사당 그림을 생각나게 한다. 나는 이 털실 색깔로 인해 비로소 '취미'라는 말을 알게 된 것 같았다. 좋은 취미. 어머니는 눈 내리는 겨울 하늘에 이 옅은 모란꽃 색이 얼마나 아름답게 조화를 이루는지 분명히 알고 일부러 골라 주었는데 나는 어리석게도 이걸 싫어했다. 하지만 어린 나에게 강요하지 않고 내가 하고 싶은 대로 내버려 둔 어머니. 내가 이 색의 아름다움을 정말

---

* 간사이(關西): 교토, 오사카를 중심으로 한 서쪽 지방.

로 알기까지 20년간이나 이 색에 대해 한마디 설명도 없이, 묵묵히 모르는 척하며 기다려주신 어머니. 가슴 속 깊이 좋은 어머니라고 생각하는 동시에, 이런 좋은 어머니를 나와 나오지 둘이서 괴롭히고 힘들게 해서 결국 조만간 쇠약해 돌아가시게 만드는 건 아닐까, 불현듯 견딜 수 없는 공포와 걱정의 구름이 가슴 속에서 피어올랐다. 이래저래 생각하면 생각할수록 앞길에 아주 두렵고 좋지 않은 일만 있을 것 같아서 이젠 도저히 살 수 없을 정도로 불안해지고 손끝의 힘도 빠진다. 뜨개바늘을 무릎에 놓고 깊은 한숨을 쉰 뒤 나는 고개를 들고 눈을 감은 채,

"어머니."

하고 무심결에 불렀다.

어머니는 방구석에 있는 책상에 기대어 책을 읽고 있다가,

"응?"

하고 왜 그러냐는 듯 대답했다.

나는 당황해서 일부러 큰 목소리로,

"드디어 장미꽃이 피었어요. 어머닌 알고 계셨어요? 저는 지금 알았어요. 드디어 피었네요."

툇마루 바로 앞에 있는 장미. 그건 와다 숙부가 옛날에 프랑스인지 영국인지 기억은 안 나지만, 어쨌든 먼 데서 가져온 장미로 두세 달 전에 숙부가 이 산장의 정원에 옮겨 심은 것이다. 오늘 아침 그 꽃이 드디어 한 송이 핀 것을 난 이미 알고 있었다.하지만 어색함을 감추려고 방금 알았다는 듯 과장되게 요란을 떨었다. 꽃은 짙은 보라색으로,

늠름한 오만과 강인함이 있었다.

"알고 있었어."

어머니는 조용히 말했다.

"너한테는 그런 게 아주 중요한가 보다."

"그럴지도 모르죠. 불쌍한가요?"

"아니, 너한테 그런 면이 있다는 걸 말했을 뿐이야. 부엌 성냥갑에 르누아르의 그림을 붙인다든지, 인형 손수건을 만들어 본다든지 그런 걸 좋아하잖아. 게다가 정원 장미 얘기도 그렇고, 네 이야기를 듣고 있으면 마치 살아 있는 사람에 대해 말하는 것 같아."

"아이가 없어서 그래요."

자신도 전혀 생각하지 못했던 말이 입에서 튀어나왔다. 말해 놓고는 깜짝 놀라서 어색하게 무릎 위의 뜨개질감을 만지작거리고 있는데,

— 스물아홉이니까.

전화 목소리 같은 간지러운 중저음의 남자 목소리가 똑똑히 들린 것 같아 나는 부끄러움에 볼이 불타듯 뜨거워졌다.

어머니는 아무 말 없이 다시 책을 읽는다. 어머니는 얼마 전부터 가제 마스크를 하고 있는데 그 탓인지 요즘 눈에 띄게 말수가 적어졌다. 그 마스크는 나오지 권유로 쓰게 된 것이다. 나오지는 십일쯤 전에 남방의 섬에서 얼굴이 푸르뎅뎅해져서 돌아왔다.

나오지는 아무런 예고도 없이 여름날 해 질 무렵 뒷문을 통해 마당으로 들어왔다.

"와! 심하네. 취미도 참. 아예 '어서 오세요, 찐만두 있습니다' 하고

광고를 붙여.”

그게 나와 처음으로 얼굴을 마주했을 때 나온 나오지의 인사말이
었다.

그 이삼일 전부터 어머니는 혀가 아파 누워 있었다. 혀끝이 겉으로
보기에는 아무렇지 않지만 움직이면 너무 아프다고 해서 식사도 묽은
죽만 드셨다. 의사 선생님께 진찰 좀 받아보라고 해도 고개를 저으며,

“웃음거리가 될 거야.”

하고 쓴웃음을 지으며 말했다. 루골액*을 발라 드렸지만, 전혀 효
과가 없는 것 같아서 나는 묘하게 초조해하고 있었다.

그러던 중에 나오지가 귀환한 것이다.

나오지는 어머니 베갯머리에 앉아서, “다녀왔습니다.”하고 말하며
고개 숙이고 바로 일어나 좁은 집 안을 여기저기 둘러보았다. 나는 그
뒤를 따라 걸었다.

“어때? 어머니 좀 변한 것 같아?”

“변했어, 변했어. 아주 수척해졌어. 빨리 돌아가시는 게 낫겠어. 이
런 세상에 어머니 같은 사람은 도저히 살래야 살 수가 없어. 아주 비
참해서 볼 수가 없어.”

“난?”

“천박해졌어. 남자가 두세 명은 있는 듯한 얼굴이야. 술 있어? 오늘
밤은 좀 마실래.”

---

* 루골액: 편도선 등의 환부에 바르는 약.

나는 이 마을에 단 한 곳인 여관에 가서 오사키 아주머니에게 동생이 귀환해서 그러니 술 좀 나눠 달라고 부탁해 보았다. 오사키 아주머니가 마침 지금 술이 떨어지고 없다고 해서 돌아와 나오지에게 그렇게 전하니, 나오지는 이제껏 본 적 없는 타인이 된 듯한 표정으로 쳇, 협상이 서툴러서 그래 하며 내게 여관의 위치를 묻더니 게다*를 아무렇게나 신고 밖으로 뛰어나갔다. 그 후 아무리 기다려도 돌아오지 않았다. 나는 나오지가 좋아하는 사과구이와 달걀 요리를 준비하고 식당 전구도 밝은 걸로 바꾸고 한참을 기다렸는데, 그러는 와중에 오사키 아주머니가 부엌문으로 얼굴을 쑥 내밀었다.

"저기, 이봐요. 괜찮을까요? 소주를 마시고 있는데요."

하며 그 잉어 눈처럼 동그란 눈을 한층 더 크게 뜨고 중대한 일이라도 되는 듯 낮은 목소리로 말했다.

"소주라뇨? 그 메틸 알코올요?"

"아뇨, 메틸은 아니지만."

"마셔도 탈은 안 나겠죠?"

"네, 그래도…."

"마시게 놔두세요."

오사키 아주머니는 침을 삼키고는 고개를 끄덕이며 돌아갔다.

나는 어머니한테 가서

"오사키 씨 댁에서 마시고 있대요."

---

* 게다: 왜나막신.

하고 말하니 어머니는 입술을 약간 일그러뜨리며 웃었다.

"그래? 아편 쪽은 끊었나? 넌 식사를 마치거라. 그리고 오늘 밤에는 셋이 이 방에서 자자. 나오지 이불을 가운데에 펴고."

나는 울고 싶어졌다.

밤이 깊어지자 나오지가 거친 발소리를 내며 돌아왔다. 우리는 셋이 한 모기장에 들어가 누웠다.

"남방 이야기를 어머니께 들려드리지 그래?"

내가 누워서 말했다.

"아무것도 없어. 아무것도 없다고. 잊어버렸어. 일본 도착해서 기차를 타니까 차창 너머로 논이 대단히 아름답게 보였어. 그뿐이야. 불좀 꺼. 잘 수가 없잖아."

나는 전등을 껐다. 여름밤 달빛이 홍수처럼 모기장 안에 흘러넘쳤다.

이튿날 아침, 나오지는 이부자리에 엎드려 담배를 피우면서 먼바다를 바라보다가,

"혀가 아프다고요?"

하고 그제야 어머니가 몸 상태가 안 좋다는 걸 알았다는 듯 말했다.

어머니는 그저 희미하게 웃었다.

"그건 틀림없이 심리적인 걸 거예요. 밤에 깔끔치 못하게 입을 벌리고 주무시죠? 마스크를 하세요. 가제에 소독제라도 묻혀 그걸 마스크 속에 붙여 두면 좋아요."

나는 그 말을 듣고 웃음을 터뜨렸다.

"그게 무슨 요법이야?"

"미학 요법이라는 거야."

"하지만 어머닌 마스크 같은 걸 분명 싫어하실 거야."

어머니는 마스크뿐만 아니라 안대건 안경이건 얼굴에 뭘 걸치는 걸 무척이나 싫어했다.

"어머니, 마스크 하실 거예요?"

하고 내가 물었더니,

"할 거야."

하고 진지하게 낮은 목소리로 대답해서 나는 깜짝 놀랐다. 나오지 말이면 뭐든 믿고 따르자고 생각한 것 같았다.

아침 식사 후에 아까 나오지가 말한 대로 가제에 소독제를 묻혀 마스크를 만들어 어머니께 가져가자, 어머니는 잠자코 받아들고 누운 채로 순순히 마스크 끈을 양쪽 귀에 걸었다. 그런 어머니의 모습이 정말 어린 소녀 같아 보여서 슬펐다.

점심때가 지나 나오지는 도쿄 친구들과 문학 쪽 선생님 등을 만나야 한다며 양복으로 갈아입고, 어머니한테 2천 엔을 받아 도쿄로 가 버렸다. 그리고는 벌써 열흘 가까이 지났는데도 돌아오지 않는다. 그래서 어머니는 매일 마스크를 하고 나오지를 기다렸다.

"리바놀이라는 소독제가 참 좋은 약이야. 이 마스크를 하고 있으면 혀의 통증이 사라져."

하고 웃으며 말하지만 나는 정말이지 어머니가 거짓말을 하는 것 같다. 이제 괜찮다며 지금은 일어나 있지만, 식욕은 여전히 별로 없어 보였고, 말수도 현저히 줄어 너무나 걱정스러웠다. 나오지는 도대체 도쿄에서 뭘 하는 걸까? 그 소설가라는 우에하라 씨랑 도쿄 시내를 쏘다니며 그곳 광기의 소용돌이에 휩쓸려 있을 게 틀림없다. 생각하면 생각할수록 괴롭고 힘들어져서 어머니께 느닷없이 장미에 대해 말하고, 아이가 없어서 그렇다는 자신도 생각하지 못했던 이상한 말을 내뱉고는 결국 수습이 안 돼서,

"아!"

하고 일어섰다. 그런데 아무 데도 갈 데가 없으니, 내 몸 하나도 추스르지 못하고 비실비실 계단을 올라 2층 마루방에 들어가 보았다.

여기는 앞으로 나오지가 쓸 방이다. 4, 5일 전에 내가 어머니와 상의하고 아래쪽 농가에 사는 나카이 씨에게 도와 달라고 해서 나오지의 옷장과 책상과 책장, 또 책과 공책 등이 가득 든 나무상자 대여섯 개, 아무튼 옛날 니시카타마치 집 나오지 방에 있던 것 전부를 이곳에 운반해 놓았다. 이제 나오지가 도쿄에서 돌아오면 자신이 원하는 위치에 각각 옷장이나 책장 등을 배치하겠지 싶어 그때까지는 좀 어수선해도 여기 두는 게 좋을 것이라고 생각했다. 그래서 발 디딜 틈 없을 정도로 방 안 가득 어질러진 상태였다. 나는 무심히 발밑 나무상자에서 공책 한 권을 집어 들었다. 그 표지에는

박꽃 일지

라고 쓰여 있었고 그 안을 보니 다음과 같은 내용이 가득 휘갈겨 쓰여 있었다. 나오지가 마약중독으로 괴로워했을 때의 수기 같았다.

불에 타 죽는 듯한 기분. 괴로워도 괴롭다고 일언반구 외칠 수도

없다. 태고 이래 미증유라는, 세상이 시작된 이래 전례도 없고 끝도 모를 지옥의 낌새를 속이려 하지 마라.

사상? 거짓이다. 주의? 거짓이다. 이상? 거짓이다. 질서? 거짓이다. 성실? 진리? 순수? 전부 거짓이다. 우시지마(牛島)의 등나무는 그 나이가 천년, 구마노(熊野)의 등나무는 수백 년이라고 칭송받는다. 그 꽃술 같은 것도 전자는 가장 긴 게 아홉 자, 후자는 다섯 자 남짓이라는 얘기를 듣고, 나는 오로지 그 꽃술에만 가슴이 뛴다.

저것도 사람의 자식. 살아 있는 거다.

논리는 어차피 논리에 대한 사랑이다. 살아 있는 인간에 대한 사랑이 아니다.

돈과 여자. 논리는 수줍어하며 총총히 사라진다.

역사, 철학, 교육, 종교, 법률, 정치, 경제, 사회, 그런 학문 따위보다도 한 처녀의 미소가 더 존귀하다는 파우스트 박사의 용감한 실증이 있다.

학문이란 허영의 또 다른 이름이다. 인간이 인간이 아니고자 하는 노력이다.

괴테한테도 맹세할 수 있다. 나는 어떻게든 정말 잘 쓸 수 있다고. 한편의 구성을 실수 없이 말이다. 적당한 유머, 독자의 눈동자를 불태우는 비애 혹은 숙연함, 소위 옷매무새를 바로잡게 만드는 완벽한 소설, 낭랑한 목소리로 낭독한다면 이게 바로 스크린에 나오는 설명 아닌가? 부끄러워 도무지 쓸 수가 없다. 애당초 그런 걸작을 쓰고 있다는 의식이 보잘 것 없다는 말이다. 소설을 읽으며 옷매무새를 고치다니, 미친놈의 행동이다. 그렇다면 차라리 하오리*, 하카마를 갖춰 입어야 한다. 좋은 작품일수록 점잔 떠는 거라고는 보이지 않는 법이다. 나는 친구가 진심으로 즐거워하는 듯한 웃는 얼굴이 보고 싶어 소설 한 편을 일부러 엉망으로 쓰고는, 엉덩방아를 찧고 머리를 긁적이며 도망간다. 아아, 그때 친구가 기뻐하는 표정이란!

문장이 되지 못하고 사람이 되지 못한 모습이다. 장난감 나팔을 불며 말씀드린다. 여기 일본 제일의 바보가 있소. 당신은 아직 괜찮은 편이요.. 건재하시라! 이런 애정은 도대체 뭐란 말인가.

친구는 의기양양한 얼굴로 저게 저 녀석의 나쁜 버릇이라고, 아깝다고 말한다. 사랑받고 있다는 걸 모른다.

불량하지 않은 인간이 있을까.

따분한 생각이다.

돈이 필요하다.

그렇지 않으면

자다가 자연사다!

약방에 천 엔 가까운 빚이 있다. 오늘 전당포 지배인을 몰래 집에 데려와 내 방으로 이끌었다. 급히 돈이 필요하니 뭔가 이 방에 값나가는 물건이 있으면 갖고 가라고 하자, 지배인은 방안을 제대로 보지도

─────────

* 하오리: 옷 위에 입는 짧은 상의. 방한용 또는 예복용.

않고, "그만둬요, 자기 물건도 아니면서"하고 말했다. "좋아, 그렇다면 내가 지금까지 내 용돈으로 산 물건만 갖고 가게."하고 기세 좋게 말했으나 그러모은 건 잡동사니뿐, 전당포에 맡길 만한 물건이 하나도 없다.

우선 손 하나만 있는 석고상. 이것은 비너스의 오른손이다. 달리아꽃을 닮은 새하얀 한쪽 손만이 그저 받침대 위에 놓여 있다. 하지만 이걸 잘 보면 이건 비너스가 자신의 알몸을 남자에게 들켜 너무 놀라 부끄러움에 몸부림치고 연분홍빛으로 구석구석 달아오른 몸을 비틀다가 생긴 손짓 모양이다. 그런 비너스의 숨 막힐 듯한 알몸의 부끄러움이, 손가락 끝에 지문도 없고 손바닥에 한 줄의 손금도 없는 순백의 섬세한 오른손에 의해, 보는 이의 가슴이 아플 정도로 애처롭게 나타나 있는 것을 알 수 있었다. 하지만 이건 어차피 실용성 없는 잡동사니다. 지배인은 50전으로 값을 매겼다.

그밖에 커다란 파리 근교의 지도, 지름이 한 자 가까이나 되는 셀룰로이드 팽이, 실보다 가늘게 써지는 특제 펜촉, 모두 진귀하다고 산 물건들이지만 지배인은 웃으며, 인제 그만 가 보겠다고 한다. 잠깐, 하고 제지해 결국 또 책을 산더미만큼 지배인에게 안기고 5엔을 받았다. 내 책장의 책은 거의 싸구려 문고본뿐이고 헌책방에서 사들인 것이라 전당포에서 매기는 가격도 이렇게 싸다.

천 엔 빚을 해결하려고 했는데 5엔이다. 세상에시의 내 실력이 대충 이 모양이다. 웃을 일이 아니다.

데카당?* 하지만 이렇게라도 하지 않으면 살 수가 없다. 그런 말로 나를 비난하는 사람보다는 죽어버리라고 말해주는 사람이 고맙다. 후련하다. 그러나 사람은 좀처럼 죽어버려! 라고 말하지 않는 법이다. 인색하고 조심성 많은 위선자들이다.

정의? 소위 계급투쟁의 본질은 그런 데 있지 않다. 인도? 농담하지 마라. 난 알고 있다. 자신들의 행복을 위해 상대를 쓰러뜨리는 거다. 죽이는 거다. 죽어버리라는 선고가 아니라면 뭔가? 얼버무려서는 안 된다.

그러나 우리 계급에도 변변한 녀석이 없다. 백치, 유령, 수전노, 미친개, 허풍쟁이, 으스대는 놈, 구름 위에서 떨어지는 오줌이다.

죽어버리라는 말조차 아깝다.

전쟁. 일본 전쟁은 자포자기다.

자포자기에 휩쓸려 죽는 건 싫다. 차라리 혼자 죽고 싶다.

인간은 거짓말을 할 때 꼭 진지한 표정을 짓는다. 요즘 지도자들의 그 진지함이다. 훗!

남들한테 존경받으려고 하지 않는 사람들과 놀고 싶다.

---

* 데카당: 퇴폐적이고 자포자기의 생활을 하는 것. 19세기 말 회의적 사상의 영향으로 나타난 예술지상주의, 퇴폐주의.

하지만 그런 좋은 사람들은 나랑 놀아주지 않는다.

내가 조숙한 척하니 사람들은 나를 조숙하다고 수군거렸다. 내가 게으름뱅이인 척하니 사람들은 나를 게으름뱅이라고 수군거렸다. 내가 소설을 못 쓰는 척하니 사람들은 나를 글을 못 쓴다고 수군거렸다. 내가 거짓말쟁이인 척하니 사람들은 나를 거짓말쟁이라고 수군거렸다. 내가 부자인 척하니 사람들은 나를 부자라고 수군거렸다. 내가 냉담한 척하니 사람들은 나를 냉담한 놈이라고 수군거렸다. 하지만 내가 정말 괴로워서 나도 모르게 신음했을 때 사람들은 나를 괴로운 척한다고 수군거렸다.

아무리 해도 어긋난다.

결국 자살할 수밖에 없지 않을까?

이토록 괴로워해도 그저 자살로 끝날 뿐이라는 생각이 들자 소리 내어 울고 말았다.

봄날 아침, 두세 송이 꽃이 탐스럽게 핀 매화 가지에 아침 햇살이 비추는데, 그 가지에 하이델베르크의 젊은 학생이 목을 매달고 축 늘어져서 죽어 있었다고 한다.

"어머니! 저를 혼내 주세요!"

"어떤 식으로?"

"겁쟁이라고."

"그래? 겁쟁이…. 이제 됐지?"

어머니는 다른 누구와도 견줄 수 없는 장점이 있다. 어머니 생각을 하면 울고 싶어진다. 어머니한테 사죄하기 위해서라도 죽는 거다.

용서해 주십시오. 이제 한 번만 용서해 주십시오.

해마다
눈이 먼 채
잘 자라는
새끼 학
가엾구나 살찐 모습(설날 아침 초고)

모르핀 아트로몰 나르코폰 판토폰 파비날 판오핀 아트로핀

프라이드란 뭔가, 프라이드란?

인간은, 아니 남자는 '난 훌륭해.' '나한텐 장점이 있어.' 같은 생각 따위 안 하고 살 수 없는 존재인가?

사람을 미워하고, 사람한테 미움받는다.

누가 더 머리 잘 쓰나 겨뤄보기.

엄숙=멍청함

어쨌든 살아 있으니 사기를 치는 게 틀림없다.

어떤 돈 꿔달라는 편지.

"답장을,

답장을 주세요.

그리고 그게 꼭 좋은 소식이기를.

저는 온갖 굴욕을 예상하며 혼자서 신음하고 있습니다.

연극을 하는 게 아닙니다. 절대 그렇지 않아요.

부탁합니다.

저는 부끄러워 죽을 것 같습니다.

과장이 아닙니다.

매일매일 답장을 기다리며 밤낮없이 부들부들 떨고 있습니다.

제게 모래알을 씹게 하지 말아요.

벽으로부터 소리 죽여 웃는 소리가 들려와 깊은 밤 잠자리에서 몸을 뒤척입니다.

제가 부끄러운 일을 당하지 않도록 도와주세요.

누나!"

여기까지 읽은 나는 그 박꽃 일지를 덮어 다시 나무상자에 넣고는 창 쪽으로 걸어갔다. 그리고 창문을 활짝 열어 비로 뿌옇게 된 마당을 내려다보면서 그때 일을 생각했다.

어느덧 그로부터 6년이 지났다. 나오지의 마약중독은 내 이혼의

원인이 되었다. 아니, 그렇게 말해서는 안 된다. 내 이혼은 나오지의 마약중독이 아니더라도, 다른 어떤 계기로 인해 언젠가 일어나게끔 내가 태어났을 때부터 정해져 있었던 것 같기도 하다. 나오지는 약방에 진 빚에 시달렸고, 자주 내게 돈을 졸라댔다. 나는 야마키한테 시집간 지 얼마 안 되어 돈을 그리 자유롭게 쓸 수 없었고, 또한 시댁의 돈을 친정 동생에게 몰래 융통해주는 것이 아주 난처하기도 해서, 친정에서 나를 따라온 오세키 할멈과 의논해 내 팔찌와 목걸이, 드레스를 팔았다. 동생은 내게 돈을 달라는 편지를 보냈다.

이제는 괴롭고 부끄러워 누나랑 얼굴을 마주하는 것도, 또 전화로 얘기하는 것도 도저히 못 하겠으니 돈은 오세키 편에 교바시 ○○가 ○○번지의 가야노 아파트에 사는, 누나도 이름은 아는 소설가 우에하라 지로 씨에게 전해주세요. 우에하라 씨가 악덕한 사람이라고 세상에 소문이 나 있지만, 결코 그런 사람이 아니니 안심하고 그에게 돈을 보내 주세요. 그럼 우에하라 씨가 곧바로 내게 전화로 알릴 테니 꼭 그렇게 부탁해요. 나는 이번 중독을 어머니만큼은 모르게 하고 싶어요. 어머니가 알기 전에 어떻게든 이 중독을 고칠 생각이에요. 나는 이번에 누나에게 돈을 받으면 그걸로 약방에 진 빚을 청산하고, 시오바라 별장에라도 가서 건강한 몸이 되어 돌아올 생각이에요. 정말입니다. 약방 빚을 전부 갚으면 이제 나는 그날부터 마약을 완전히 끊을 생각입니다. 신께 맹세해요. 믿어 주세요. 어머니한테는 비밀로 하고, 오세키를 통해 돈을 가야노 아파트의 우에하라씨에게 전해 주세요. 이런 내용이 그 편지에 쓰여 있었다. 나는 동생 지시대로 오세키에게 돈을 주어 몰래 우에하라 씨 아파트에 전달했다. 하지만 동생이 편지에서 한 맹세는 언제나 거짓이었다. 그는 시오바라의 별장에도 가지 않았고, 마약중독은 점점 더 심해져갔다. 돈을 조르는 편지 문구도 비명에 가까운 괴로운 어조로 이번에야말로 약을 끊겠다며 얼굴을 돌리고 싶을 정도의 애절한 맹세를 하니, 또 거짓말일지 모른다고 생각하면서도 결국 다시 브로치 등을 오세키를 시켜 팔고 그 돈을 우에하라 씨 아파트에 전달하곤 했다.

"우에하라 씨는 어떤 분이신가요?"

"몸집이 작고 낯빛이 안 좋은 무뚝뚝한 사람입니다."

하고 오세키는 대답했다.

"그런데 아파트에 계신 적이 좀처럼 없더군요. 대개 부인과 예닐곱 살의 따님, 둘 만 계세요. 부인은 그다지 미인은 아니지만 친절하고 훌륭한 분 같았어요. 그 부인이라면 안심하고 돈을 맡길 수 있어요."

그 무렵의 나는 지금의 나와 비교해, 아니, 도저히 비교도 안 될 정도로 전혀 다른 사람처럼 멍청하고 태평한 사람이었다. 그래도 역시 연달아, 더구나 점차 거액의 돈을 졸라대니 너무나 걱정이 되어, 하루는 노*를 보고 돌아오는 길에 차를 긴자에서 돌려보내고는 혼자 걸어서 교바시의 가야노 아파트를 찾아갔다.

우에하라 씨는 방에서 혼자 신문을 보고 있었다. 줄무늬 겹옷에 감색 바탕에 흰 무늬가 있는 하오리를 입고 있었는데, 나이가 든 것 같

---

* 노(能): 일본 고전 가면극.

기도 하고 젊은 것 같기도 해서 지금까지 본 적 없는 괴이한 짐승 같은, 이상한 첫인상을 받았다.

"집사람은 지금, 아이하고, 배급받으러…."

약간 비음 섞인 목소리로 띄엄띄엄 그렇게 말했다. 나를 부인 친구로 오해한 것 같았다. 내가 나오지의 누나라고 말하니 우에하라 씨는 훗 하고 웃었다. 나는 왠지 오싹했다.

"나갈까요?"

그렇게 말하더니 벌써 외투를 걸치고 신발장에서 새 게다를 꺼내 신었다. 그리고 성큼성큼 아파트 복도를 앞장서서 걸었다.

밖은 초겨울 저녁 무렵으로 바람이 차가웠다. 스미다 강에서 불어오는 강바람 같았다. 우에하라 씨는 그 강바람을 거스르듯이 오른쪽 어깨를 약간 세우고 쓰키지*쪽으로 말없이 걸어갔다. 나는 종종걸음으로 그 뒤를 따라갔다.

도쿄 극장**의 뒤편에 있는 빌딩 지하로 들어갔다. 네다섯 패거리의 손님이 열 평 정도의 좁고 긴 실내에서 제각기 탁자에 둘러앉아 조용히 술을 마시고 있었다.

우에하라 씨는 컵으로 술을 마셨다. 그리고 내게도 다른 컵을 갖다 주며 술을 권했다. 나는 그 컵으로 두 잔을 마셨지만 아무렇지도 않았다.

우에하라 씨는 술을 마시고 담배를 피우는 내내 말이 없었다. 나도

---

* 쓰키지(築地): 도쿄의 유명한 어시장.

** 도쿄 쓰키지에 있는 극장, 영화관. 1930년에 개관.

잠자코 있었다. 이런 데는 난생처음 왔지만 그래도 아주 편하고 기분이 좋았다.

"술이라도 마시면 좋을 텐데."

"네?"

"아니, 동생 말이에요. 알코올 쪽으로 전환하면 돼요. 저도 옛날에 마약중독이 된 적 있었는데 남들이 불쾌하게 여기더군요. 알코올도 마찬가지긴 하지만 그건 남들이 의외로 용서를 해요. 동생을 술꾼으로 만들어 보죠. 괜찮죠?"

"저는 술꾼을 한 번 본 적이 있어요. 설에 제가 외출하려고 하는데 우리 집 운전사 지인이 자동차 조수석에서 도깨비처럼 새빨간 얼굴을 하고 드르렁드르렁 크게 코를 골며 자고 있었어요. 제가 깜짝 놀라 소리치니까 운전사가, 이 녀석은 술꾼이라 어쩔 수 없다며 자동차에서 끌어 내리고는 어깨로 부축해 어디론가 데려갔어요. 뼈가 없는 것처럼 축 늘어져 있었는데 그러면서도 뭔 말인지 중얼중얼하더군요. 저는 그때 술꾼을 처음 봤는데 재미있었어요."

"나도 술꾼입니다."

"어머나, 하지만 아니시죠?"

"당신도 술꾼입니다."

"그렇지 않아요. 저는 술꾼을 보기만 했어요. 전혀 아니에요."

우에히라 씨는 그제야 즐거운 듯이 웃었다.

"그럼 동생도 술꾼이 될 수 없을지도 모르지만, 여하튼 술 마시는 사람이 되는 편이 나아요. 돌아갑시다. 늦어지면 곤란하죠?"

"아뇨, 괜찮아요."

"아니, 실은 내가 답답해서 안 되겠어요. 아가씨! 계산!"

"많이 비싼가요? 조금이라면 저도 갖고 있는데."

"그래요? 그럼 계산은 당신이."

"모자랄지 몰라요."

나는 핸드백 속을 보고, 돈이 얼마 있는지 우에하라 씨에게 알려주었다.

"그만큼 있으면 2차, 3차도 갈 수 있겠네. 내가 그리 우습나."

우에하라 씨는 얼굴을 찡그리며 말하고는 웃었다.

"어디, 한 잔 더 하시겠어요?"

하고 물으니 정색을 하며 고개를 저었다.

"아니, 이제 됐어요. 택시를 잡아줄 테니 돌아가요."

우리는 지하실의 어두운 계단을 올라갔다. 한발 먼저 올라가던 우에하라 씨가 계단 중간쯤에서 휙 몸을 돌리더니 재빠르게 내게 키스했다. 나는 입술을 굳게 닫은 채 그 키스를 받았다.

특별히 우에하라 씨를 좋아한 건 아니었지만, 그래도 그때부터 내겐 그 '비밀'이 생기고 말았다. 우에하라 씨는 계단을 뛰어 올라갔고, 나는 이상하게 투명해진 기분으로 천천히 올라갔다. 밖에 나오니 볼에 닿는 강바람에 기분이 좋았다.

우에하라 씨가 택시를 잡아주었고, 우린 말 없이 헤어졌다.

흔들리는 차 안에서 나는 세상이 갑자기 바다처럼 넓어진 것 같은 느낌이 들었다.

"나, 애인 있어요."

어느 날 나는 남편한테 잔소리를 듣고 쓸쓸해져서 불쑥 그렇게 말했다.

"알고 있어요. 호소다죠? 도저히 단념하지 못하는 건가요?"

나는 입을 다물었다.

그 문제는 뭔가 거북한 일이 일어날 때마다 우리 부부 사이에 끄집어내졌다. 이제 틀렸다고 생각했다. 드레스 옷감을 잘못 재단했을 때처럼 이제 그 천은 꿰매 이을 수도 없으니 전부 버리고, 또 다른 새 옷감 재단에 착수해야 했다.

"설마 그 배 속의 아이가…"

하고 어느 날 밤 남편이 말했을 때, 나는 너무나 무서워 부들부들 떨었다. 지금 생각하면 나도 남편도 어렸던 거다. 나는 연애도 몰랐다. 사랑조차 몰랐다. 나는 호소다 씨의 그림에 푹 빠져, 그런 분의 아내가 된다면 얼마나 아름다운 일상을 보낼 수 있을까, 그렇게 멋진 취미를 가진 분과의 결혼이 아니라면 결혼 따위는 무의미하다고 아무한테나 떠벌린 탓에 모두에게서 오해를 샀다. 나는 연애도 사랑도 모르면서 태연히 호소다 씨를 좋아한다는 말을 공공연히 했고, 취소하려고도 하지 않아 일은 이상하게 꼬이고 말았다. 그래서 그 당시 내 배 속에 잠들어 있던 아기마저 남편 의혹의 표적이 되었다. 누구 하나 이혼이라는 말을 겉으로 드러내 말한 사람은 없었지만, 어느샌가 분위기가 어색해져 난 오세키 할멈과 함께 친정어머니 곁으로 돌아오고 말았다. 그 후 아이를 사산한 나는 병으로 몸져누웠고, 결국 야마키와의 사이는 그걸로 끝나고 말았다.

　나오지는 내가 이혼한 것에 뭔가 책임 같은 것을 느꼈는지, 자기가 죽어버릴 거라고 엉엉 소리 내며 얼굴이 퉁퉁 붓도록 울었다. 내가 동생에게 약방에 진 빚이 얼마나 되는지 물어보니 그건 실로 엄청난 액수의 금액이었다. 게다가 나중에 알았지만, 동생은 실제 금액을 말하지 않고 거짓말을 했다. 나중에 밝혀진 실제 총액은 그때 동생이 내게 알려준 금액의 약 세배에 가까웠다.

　"나, 우에하라 씨를 만났어. 좋은 분이더라. 이제부터 우에하라 씨와 같이 술 마시며 노는 건 어때? 술은 정말 싸잖아. 술값 정도면 내가 언제든 줄 수 있어. 약방에 갚을 빚도 걱정하지 마. 어떻게든 되겠지."

　내가 우에하라 씨와 만났고, 또 우에하라 씨를 좋은 분이라고 말한 것이 동생을 무척 기쁘게 했던 모양으로 동생은 그날 밤 내게서 돈을 받자마자 우에하라 씨네 집으로 놀러 갔다.

　중독은 그야말로 정신적인 병일지도 모른다. 나는 우에하라 씨를 칭찬하고, 동생에게서 우에하라 씨 저서를 빌려 읽고, 훌륭한 분이라고 말했다. 동생은 누나가 뭘 알아 하면서도 무척이나 기쁜 듯이, 그럼 이걸 한번 읽어 보라며 우에하라 씨의 또다른 저서를 내게 권유했다. 그러다가 나도 우에하라 씨의 소설을 본격적으로 읽게 되었고, 둘이서 이래저래 우에하라 씨에 관한 소문 이야기를 하기도 했다. 동생은 매일같이 밤마다 으스대며 우에하라 씨네로 놀러 가더니 점점 우에하라 씨 계획대로 알코올 쪽으로 전환해가는 것 같았다. 나는 슬쩍 어머니한테 약방에 갚아야 할 빚에 대해 말했다. 어머니는 한 손으로 얼굴을 감싸고 잠시 가만히 있다가 이윽고 얼굴을 들고는 쓸쓸한 듯이 웃으며, 생각해봤자 소용없다고, 몇 년이 걸릴지 모르지만 매달 조금씩이라도 갚아나가자고 했다.

그로부터 벌써 6년이 지났다.

박꽃. 아아, 동생도 괴롭겠지. 게다가 앞길이 막혀 뭘 어떻게 해야 좋을지 아직 아무것도 모르는 거다. 그저 매일 죽을 작정으로 술을 마시는 걸 거다.

차라리 과감하게 본격적으로 불량해지면 어떨까? 그러면 동생도 오히려 편해지지 않을까?

불량하지 않은 인간이 있겠냐고 그 공책에 쓰여 있었는데, 그리고 보면 나도 불량하고 숙부도 불량하고 어머니도 불량한 것 같다. 불량하다는 건 착하다는 게 아닐까?

4

편지를 쓸지 말지 꽤 망설였습니다. 하지만 오늘 아침 문득 '비둘기처럼 순수하게 뱀처럼 지혜롭게'라는 예수님 말씀을 떠올리고는 이상하게 용기가 생겨 편지를 드리기로 했습니다. 저는 나오지의 누나입니다. 잊으셨을까요? 잊으셨다면 기억을 더듬어보세요.

나오지가 얼마 전 또 들러서 꽤 폐를 끼친 모양인데 정말 죄송합니다(그런데 실은 나오지 일은 나오지 일이지, 제가 주제넘게 사과하는 건 난센스 같다는 생각도 듭니다). 오늘은 나오지 일이 아니라 제 일로 부탁드릴 게 있습니다. 나오지한테 교바시(京橋)에 있는 아파트가 불에 타 지금의 주소로 옮기셨다는 말을 듣고, 차라리 도쿄 교외에 있는 댁으로 찾아뵐까 싶었지만, 어머니가 얼마 전부터 몸이 좀 불편하셔서 어머니를 두고는 도저히 상경할 수 없어 편지로 말씀드리기로 했습니다.

당신께 의논드리고 싶은 게 있습니다.

저의 이 의논은 지금의 『여대학』* 입장에서 보면 너무나 뻔뻔하고 역겨우며 악질 범죄라고조차 말할 수 있을지도 모릅니다만, 그래도 저는, 아니 우리는, 지금 이대로는 도저히 살아갈 수 없을 것 같아 동생 나오지가 이 세상에서 가장 존경하는 당신께 저의 거짓 없는 심정을 말씀드리고 지도를 받고자 합니다.

저는 지금 이 생활을 견딜 수가 없습니다. 좋고 싫음의 문제가 아니라 정말이지 이대로는 우리 식구 세 명이 살아갈 수 있을 것 같지 않습니다.

어제도 괴로워서 몸에 열이 나고 숨이 막혀 자신을 주체못하고 있었는데, 정오가 조금 지나 빗속에 아래쪽 농가 따님이 쌀을 짊어지고 왔습니다. 그래서 저는 약속대로 옷을 주었습니다. 따님은 식당에서 저와 마주 앉아 차를 마시면서 참으로 리얼하게도,

"당신은 물건 팔아서 앞으로 얼마나 생활할 수 있나요?"

하고 물었습니다.

---

* 여대학(女大學): 유교 사상을 바탕으로 여자가 지켜야 할 덕목을 쓴 에도 시대의 지침서.

"반년이나 일 년 정도."

하고 저는 대답했습니다. 그리고 오른손으로 얼굴을 반쯤 가리며,

"졸려요. 너무 졸려서 죽겠어요."

하고 말했습니다.

"피곤해서 그래요. 신경쇠약이라 졸리는 거죠."

"그렇겠네요."

눈물이 나올 것 같다가 문득 제 가슴속에 리얼리즘이라는 말과 로맨티시즘이라는 말이 떠올랐습니다. 저에게 리얼리즘은 없습니다. 이런 상태로 살아갈 수 있을까 생각하니 온몸에 소름이 끼쳤습니다. 어머니는 거의 환자나 다름없어서 자리에서 누웠다 일어났다 하고, 동생은 아시다시피 마음의 병을 앓고 있습니다. 동생이 여기 있을 때는 소주를 마시기 위해 이 근처 여관과 요릿집을 겸한 집으로 하루도 빠짐없이 출근하고 있지요. 사흘에 한 번은 우리 옷을 판 돈을 가지고 도쿄에 간답니다. 하지만 괴로운 건 이런 것 때문이 아니에요. 저는 그저 제 생명이 이러한 일상생활에서 파초 잎이 지지 않고 썩어가듯, 그 자리에 멈춰서 저절로 썩어갈 것이 똑똑히 예상된다는 게 두렵습니다. 도저히 견딜 수가 없어요. 그래서 저는 『여대학』에 어긋나더라도, 지금의 이 생활에서 벗어나고 싶습니다.

그래서 저는 당신께 의논드립니다.

저는 이제 어머니와 동생에게 분명히 선언하고 싶습니다. 제가 전부터 어떤 분을 사모하고 있고 앞으로도 그분의 애인으로서 살아갈 생각이라는 것을 확실히 말해두고 싶습니다. 그분은 당신도 잘 아실

거예요. 그분 성함의 이니셜은 M·C입니다. 저는 예전부터 뭔가 괴로운 일이 생기면 그 M·C에게 달려가고 싶어 죽을 것 같았습니다.

M·C에게는 당신과 마찬가지로 부인과 아이가 있습니다. 또한, 저보다 더 아름답고 젊은 여자친구도 있는 것 같습니다. 하지만 저는 M·C가 있는 곳으로 가는 것 외에 살아갈 방도가 없는 듯합니다. M·C의 부인과는 아직 만난 적이 없지만 정말 착하고 좋으신 분 같습니다. 저는 그 사모님을 생각하면 제가 무서운 여자라는 생각이 듭니다. 하지만 저의 지금 생활은 그 이상으로 무서운 것 같아서 M·C에게 의지하지 않을 수 없습니다. 비둘기처럼 순수하게 뱀처럼 지혜롭게 저는 저의 사랑을 이루고 싶습니다. 하지만 필시 어머니도, 동생도, 또 세상 사람들도 누구 하나 제게 찬성하지 않겠지요. 당신은 어떤가요? 전 결국 혼자 생각하고 혼자 행동할 수밖에 없다고 생각하니 눈물이 나옵니다. 난생처음 겪는 일이니까요. 이 어려운 일을 주위의 모든 사람으로부터 축복을 받으며 이룰 수는 없을까 하고, 아주 까다로운 대수학 인수분해인지 하는 문제의 답안을 생각하듯 골똘히 생각하다가, 어딘가 한군데 술술 멋지게 풀리는 실마리가 있을 듯도 해서 갑자기 명랑해지기도 합니다.

하지만 정작 M·C 쪽에서 저를 어떻게 생각할지, 그걸 생각하면 다시 풀이 죽고 맙니다. 말하자면 저는, 일방적…이라고 할까요. 일방적 아내라고 할 수도 없고 일방적 애인이라고나 할까요. 그런 거라 M·C 쪽에서 아무래도 싫다고 하면 그뿐이에요. 그래서 당신께 부탁드립니다. 부디 그분께 당신이 물어봐 주세요. 6년 전 어느 날, 제 가슴에 아련한 무지개가 떴습니다. 그것은 연애도 사랑도 아니었지만, 세월이 흐를수록 그 무지개는 선명한 색채를 더해갔고, 저는 지금까지 한 번도 그것을 놓친 적이 없습니다. 소나기가 지나간 맑은 하늘에 걸린 무지개는 이윽고 덧없이 사라져 버리겠지만, 사람 가슴에 걸린 무지개는 사라지지 않는 모양입니다. 부디 그분께 물어봐 주세요. 그분은 정말 저를 어떻게 생각하실까요? 그야말로 비 갠 하늘의 무지개처럼 생각하고 있을까요? 그래서 아주 예전에 사라져버린 거라고?

그렇다면 저도 제 무지개를 지워야 합니다. 하지만 제 생명을 먼저 지우지 않는 한 제 가슴의 무지개는 사라질 것 같지 않습니다.

답장이 오기를 기원합니다.

우에하라 지로 님(저의 체호프*. 마이 체호프. M·C).

저는 요즈음 조금씩 살이 찌고 있습니다. 동물 같은 여자가 되어 간다기보다 사람다워졌다고 생각합니다. 올여름, 로렌스**의 소설 한 편을 읽었습니다.

답장이 없어서 한 번 더 편지를 드립니다. 요전에 드린 편지는 교활하고 뱀 같은 간사한 계책으로 가득 차 있었는데, 모두 다 간파하셨겠지요. 정말로 저는 그 편지 한줄 한줄에 온갖 교활한 꾀를 다 담아보려고 했습니다. 결국 제가 당신에게 보낸 편지는 제 생활을 도와달라고,

---

* 안톤 파블로비치 체호프(1860-1904). 러시아의 단편 소설가.

** 데이비드 허버트 로렌스(1885-1930). 영국의 현대 소설가.

돈이 필요하다고 하는 의도를 가진 것이라고 생각하셨겠지요. 저도 그걸 부정하진 않겠습니다. 하지만 단지 제가 제 경제적 후원자가 필요하다면, 실례되는 말이지만 특별히 당신을 골라 부탁드리진 않았을 겁니다. 저를 귀여워해 줄 돈 많은 노인은 있을 테니까요. 실제로 얼마 전에도 묘한 혼담이 있었습니다. 당신도 그분 성함을 알고 계실지 모르겠습니다. 예순이 넘은 독신 할아버지로, 예술원인가 하는 곳의 회원이라고 합니다. 그런 대단한 선생이 저를 아내로 맞이하려고 이 산장에 찾아왔습니다. 이 선생은 니시카타마치 집에 살 때 우리 집 근처에 사셨기 때문에 우리와도 친분이 있어서 이따금 만난 적이 있습니다. 언젠가 가을 저녁 무렵이라고 기억합니다만, 저와 어머니 둘이서 자동차로 그분 댁 앞을 지나가는데 그분이 혼자 멍하니 문 옆에 서 계셨습니다. 어머니가 차창으로 그분께 살짝 고개 숙여 인사하자 깐깐해 보이는 검푸른 얼굴이 확 변해 단풍보다 더 붉어졌습니다.

"사랑인가?"

저는 신이 나서 말했습니다.

"어머니를 좋아하나 봐요."

하지만 어머니는 침착하게,

"아니야. 훌륭한 분이야."

하고 혼잣말처럼 말했습니다. 예술가를 존경하는 건 우리 집 가풍인가 봅니다.

그 선생은 몇 해 전 부인과 사별했는데, 와다 숙부와 요쿄쿠*를 같이 배우는 어느 황족을 통해 어머니께 혼담을 전해왔습니다. 어머니는 제 생각 그대로 선생께 직접 답장을 드리는 게 어떠냐고 말했지만 저는 깊이 생각할 것도 없이 싫었기 때문에, 지금 결혼할 의사가 없다는 내용의 답장을 아무렇지도 않게 술술 써 내려갈 수 있었습니다.

"거절해도 되는 거죠?"

"그야 물론이지…. 나도 무리라고 생각했어."

그 무렵 선생은 가루이자와(輕井澤)의 별장에 계셨기 때문에 그 별장으로 거절 답장을 드렸는데, 이틀 후 그 편지와 엇갈려서 선생이 이즈 온천에 볼일이 있어서 가는 길에 잠시 들렀다며 제 대답을 전혀 모른 채 느닷없이 이 산장에 오셨습니다. 예술가란 나이가 들어도 이렇게 어린 아이같은 제멋대로의 행동을 하나 봅니다.

어머니가 몸이 안 좋았기 때문에 제가 손님을 맞아 응접실에서 차를 대접하며,

"거절 편지가 지금쯤 가루이자와에 도착했을 거예요. 저, 신중히 생각했습니다만."

하고 말씀드렸습니다.

"그렇습니까?"

하며 그분은 침착하지 못한 어투로 대답하더니 땀을 닦았습니다.

"하지만 한 번 더 잘 생각해 주십시오. 저는 당신을, 뭐라고 하면

---

* 요쿄쿠(謠曲) : 노(能)의 대본, 또는 노에 가락 붙여 노래하는 것.

좋을까, 말하자면 정신적으로 행복을 안겨줄 수 없을지 모르겠지만 그 대신 물질적으로 얼마든지 행복하게 해 줄 수 있습니다. 이것만은 확실히 말할 수 있어요. 탁 터 놓고 하는 얘기지만.”

“말씀하신 그 행복이란 걸 저는 잘 모르겠어요. 건방진 소리를 하는 것 같아 죄송해요. 체호프가 아내에게 보낸 편지에 아이를 낳아달라고, 우리 아이를 낳아달라고 썼지요. 니체의 에세이에도 내 아이를 낳게 하고 싶은 여자라는 말이 있었어요. 저는 아이를 갖고 싶어요. 행복 같은 건, 그런 건 아무래도 좋아요. 돈도 갖고 싶지만, 아이를 키울 만큼의 돈만 있으면 그걸로 충분해요.”

선생은 묘한 웃음을 지으며,

“당신은 좀 특이한 분이군요. 누구에게나 생각한 바를 그대로 말할 수 있는 분이네요. 당신 같은 분과 함께 있으면 내 일에 새로운 영감이 떠오를지도 모르겠소.”

하며 그 연세에 어울리지 않게 좀 듣기 거북한 말씀을 하셨습니다. 만약 정말 제힘으로 이런 훌륭한 예술가의 일에 젊음을 불어넣을 수 있다면 그것도 삶의 보람임에 틀림 없다고 생각했지만, 저는 그 선생에게 안긴 제 모습을 도저히 상상할 수가 없었습니다.

“제게 사랑하는 마음이 없어도 괜찮으세요?”

하고 살짝 웃으며 여쭈었더니 선생은 진지하게,

“여자분은 그래도 괜찮습니다. 여자는 멍하니 가만히 있어도 돼요.”

라고 하셨습니다.

“하지만 저 같은 여자는 역시 사랑의 감정이 없으면 결혼을 생각할 수 없어요. 저도 이제 어른인걸요. 내년이면 벌써 서른."

이라고 하다가 저도 모르게 입을 틀어막고 싶어졌습니다.

서른. 여자는 스물아홉까지는 처녀의 향기가 남아 있다. 하지만 서른이 된 여자 몸에는 이미 그 어디에도 처녀 향기가 남아 있지 않다. 저는 옛날에 읽은 프랑스 소설 속 그 말이 문득 떠올라 견딜 수 없이 쓸쓸해졌습니다. 밖을 보니 한낮 햇빛을 받은 바다가 유리파편처럼 황홀하게 반짝이고 있었습니다. 그 소설을 읽었을 때는 그거야 그렇겠지 하고 가볍게 수긍하고 넘어갔습니다. 서른이 되면 여자의 생활은 끝난 것이라고 아무렇지도 않게 생각하던 그때가 그립습니다. 팔찌, 목걸이, 드레스, 기모노 오비, 하나 하나 제 주변에서 사라져 감에 따라 제 몸의 처녀 향기도 차츰 옅어지고 희미해졌겠죠. 가난한 중년의 여자. 아아, 싫다. 하지만 중년 여자의 생활에도 역시 여자의 생활이란 게 있는 것 같아요. 요즘 그걸 알게 되었어요. 영국인 여교사가 영국으로 돌아갈 때 열아홉 살이던 제게 이렇게 말씀하신 것이 기억납니다.

"당신은 사랑하면 안 돼요. 사랑하면 불행해질 거예요. 사랑을 하려면 더 큰 다음에 해요. 서른이 되거든 해요."

하지만 그 말을 듣고 저는 멍하니 있었습니다. 서른이 되고 나서의 일 따위 그 당시 저로서는 상상조차 할 수 없었거든요.

"이 별장을 파신다는 수문을 들었습니다만."

선생은 갑자기 짓궂은 표정으로 그렇게 말씀하셨습니다.

저는 웃었습니다.

"죄송합니다.『벚꽃 동산』*이 생각났거든요. 당신이 사 주실 건가요?"

선생은 역시 민감하게도 그 뜻을 알아차린 것 같습니다. 화가 난 듯 입을 일그러뜨리며 묵묵히 계셨습니다.

어떤 황족이 거처로 사용하려고 신권 50만 엔에 이 집을 어떻게 한다는 이야기가 있었던 건 사실이지만, 그 이야기는 흐지부지되어 버렸는데 그분은 그 소문을 어디선가 들으신 모양입니다. 하지만 우리가 자기를『벚꽃 동산』의 로빠힌처럼 생각하는 건 견딜 수 없던 모양으로, 완전히 기분이 상해 언짢은 듯 그 후에는 잠시 세상 돌아가는 이야기를 하다가 떠나셨습니다.

지금 제가 당신께 바라는 것은 로빠힌이 아닙니다. 그건 확실히 말씀드릴 수 있습니다. 그냥 중년 여자의 억지를 받아달라는 겁니다.

제가 처음 당신을 만난 건 벌써 6년 전 일입니다. 그때 저는 당신이라는 사람에 대해 아무것도 몰랐습니다. 그저 동생의 스승, 그것도 다소 탐탁지 않은 스승, 그렇게만 생각했어요. 함께 컵으로 술을 마셨고, 그리고 당신은 좀 가벼운 장난을 치셨지요. 하지만 저는 아무렇지도 않았습니다. 그저 묘하게 홀가분해진 기분이었지요. 당신을 좋아한 것도, 싫어한 것도, 그 무엇도 아니었습니다. 그사이 동생의 비위를 맞추려고 당신의 저서를 동생한테 빌려 읽었는데 재미있기도 하고 재미없기도 했어요. 그다지 열성적인 독자는 아니었습니다. 하지만 6년

---

* 『벚꽃 동산』: 체호프의 희곡. 몰락한 귀족 부인의 벚꽃 정원을 상인 로빠힌이 사들이는 이야기.

간 읽는 사이 당신은 어느새 안개처럼 제 가슴에 스며들었습니다. 그날 밤 지하실 계단에서 우리가 한 일이 갑자기 생생하고 선명하게 떠오르면서, 어쩐지 그게 제 운명을 결정할 만큼 중대한 사건인 것 같은 느낌이 들었습니다. 당신이 그립고, 이것이 사랑일지도 모른다고 생각하니 몹시 허전하고 외로워 혼자 훌쩍훌쩍 울었습니다. 당신은 다른 남자들과는 전혀 다릅니다. 저는 『갈매기』의 니나처럼 작가를 사랑하는 게 아닙니다. 저는 소설가를 동경하지 않습니다. 문학소녀 정도로 생각하신다면 곤란합니다. 저는 당신의 아이를 갖고 싶습니다.

휠씬 오래전, 당신이 아직 혼자이고 저도 아직 야마키한테 시집간 게 아닐 때 만나 결혼했다면, 저는 지금처럼 괴롭지 않았을지도 모릅니다. 하지만 저는 이미 당신과의 결혼은 불가능한 거라고 단념했습니다. 당신의 부인을 밀어내는 짓은 비열한 폭력 같아서 저는 싫습니다. 저는 첩(이 말을 정말로 쓰고 싶지 않지만, 애인이라고 해봤자 속된 말로 첩이나 다를 게 없으니 그냥 분명히 말할게요)이라도 상관없어요. 하지만 세상에서 보통 말하는 첩 생활도 어려운 거겠지요. 사람들 말로 첩은 보통 쓸모가 없어지면 버려지게 된다는군요. 예순이 가까워지면 어떤 남자라도 모두 본처에게 돌아간다고 합니다. 그러니까 첩만은 안 된다고, 니시카타마치의 할배와 유모가 하는 이야기를 들은 적이 있어요. 하지만 그건 일반적인 첩 이야기이고, 우리 경우는 다를 것 같아요. 당신에게 가장 중요한 건 역시 당신의 일이라고 생각합니다. 그래서 당신이 저를 좋아하신다면 우리가 서로 가까워지는 게 당신의 일을 위해서 좋을 것 같습니다. 그럼 당신 부인도 우리 사이를 납득하실 겁니다. 말도 안 되는 억지 같지만 제 생각이 하나도 틀리지 않았다고 생각해요.

문제는 당신의 대답뿐입니다. 저를 좋아하는지, 싫어하는지, 아니면 아무렇지도 않은지, 굉장히 두렵기는 하지만 그 대답을 여쭤봐야겠습니다. 지난번 편지에도 제가 억지 애인이라는 말을 썼고, 또 이 편지에서 중년 여자의 억지라는 말을 썼습니다만, 지금 곰곰이 생각해 보니, 당신 답장이 없으면 제가 억지를 부리려 해도 방도가 없으니 혼자 우두커니 핼쑥해질 수밖에 없습니다. 역시 당신의 답변이 없으면 안 되는 거였습니다. 지금 문득 생각난 건데, 당신은 소설에서 사랑의 모험 같은 것을 꽤 쓰셨고, 세상으로부터 형편없는 악한이라는 평판을 듣고 있지만, 실제로는 상식이 있는 분이지요. 저는 상식이라는 것을 모릅니다. 좋아하는 일만 하며 살 수 있다면 그게 좋은 삶일 겁니다. 저는 당신의 아이를 낳고 싶어요. 다른 사람의 아이는 절대 낳고 싶지 않아요. 그래서 저는 당신한테 의논드리는 거예요. 잘 아셨다면 답장을 주세요. 당신의 마음을 확실히 알려 주세요.

비가 그치고 바람이 불기 시작했습니다. 지금은 오후 3시입니다. 이제 곧 1급 술(6홉)을 배급받으러 갑니다. 럼주 두 병을 자루에 넣고, 가슴 포켓에 이 편지를 넣고 10분쯤 있다가 아랫마을로 갈 겁니다. 이 술을 동생이 마시도록 하지는 않을 거예요. 제가 마실 거예요. 매일 밤, 컵으로 한 잔씩 마실 거예요. 술은 원래 컵으로 마시는 거지요.

제게 오시지 않겠어요?

M.C 귀하

오늘도 비가 내렸습니다. 눈에 잘 안 보이는 이슬비가 내리고 있습니다. 매일매일 외출도 하지 않고 답장을 기다렸는데, 결국 오늘까지 소식이 없네요. 도대체 당신은 무슨 생각을 하고 계시나요? 지난번 편지에 그 선생이라는 분 얘기를 쓴 게 잘못이었나요? 이런 혼담 따위를 써서 경쟁심을 부추길 셈이냐는 생각이 드셨나요? 하지만 그 혼담은 이미 다 끝난 일이에요. 방금도 어머니와 그 이야기를 하며 웃었어요. 어머니는 얼마 전에 혀끝이 아프셔서 나오지의 권유로 미학 요법을 써 봤는데, 그 요법 덕분에 혀 통증이 사라져 요즈음은 건강하십니다.

아까 제가 툇마루에 서서 소용돌이치며 흩날리는 이슬비를 바라보면서 당신의 기분에 대해 생각하고 있는데,

"우유 데워 놨으니까 이리 오렴."

하고 어머니가 식당 쪽에서 부르셨습니다.

"추워서 아주 뜨겁게 데워 놨어."

우리는 식당에서 김나는 뜨거운 우유를 마시며, 지난번 왔던 선생에 관한 이야기를 했습니다.

"그분과 저는 어차피 전혀 안 어울리죠?"

어머니는 아무렇지도 않은 듯

"안 어울려."

라고 하셨습니다.

"제가 이렇게 제멋대로이고, 예술가를 싫어하는 것도 아니고, 더구나 그분은 수입도 많은 것 같고 그런 분과 결혼하는 것도 괜찮을 것

같아요. 하지만 안돼요."

어머니가 웃으셨습니다.

"가즈코, 못쓰겠네. 안된다면서 저번에 그분이랑 무슨 이야기를 그렇게 즐겁게 나눴니? 네 마음을 모르겠구나."

"어머, 하지만 재미있었는걸요. 좀 더 이야기를 나눠보고 싶었어요. 전 조신하지 않은가 봐요."

"아니, 아주 찰싹 붙어 있더라. 가즈코가 찰싹."

어머니는 오늘 아주 생기가 넘쳤습니다.

그리고 어제 처음으로 제 올린 머리를 보셨습니다.

"올림머리는 머리숱이 적은 사람이 하는 게 좋아. 네 올림머리는 위엄이 넘쳐 작은 금관이라도 씌워 보고 싶을 정도야. 실패야, 실패."

"맥 빠지네요. 그런데 언젠가 어머니가 가즈코는 목덜미가 희고 예쁘니까 되도록 목덜미를 감추지 말라고 하셨잖아요."

"그런 건 잘도 기억하는구나."

"조금이라도 칭찬받은 일은 평생 안 잊어버려요. 기억하고 있는 게 즐거운걸요."

"저번에 그분한테서도 뭔가 칭찬받은 거야?"

"그래요. 그래서 떨어지지 않았던 거예요. 저와 함께 있으면 영감이 떠오른대요. 아아, 못 참겠네. 저는 예술가는 싫지 않지만 그렇게 인격자인 척 거드름 피우는 사람은 정말 싫어요."

"나오지의 스승은 어떤 분이니?"

저는 뜨끔했습니다.

"잘은 모르지만, 어차피 나오지의 스승이니까 딱지 붙은 불량배일 거예요."

"딱지 붙은?"

하며 어머니는 즐거워 보이는 눈초리로 중얼거렸습니다.

"재미있는 말이네. 딱지가 붙어 있다면 오히려 안전하고 좋은 거 아니야? 방울을 목에 건 새끼고양이처럼 사랑스럽겠네. 딱지가 안 붙은 불량배가 무서운 법이야."

"그럴까요?"

저는 너무 기뻐서 쑥 하고 몸이 연기로 변해 하늘로 빨려 올라갈 듯한 기분이었습니다. 아시겠어요? 왜 제가 기뻤는지. 잘 모르시겠다면…, 때려줄 거예요.

정말 한 번 여기 놀러 오시지 않겠어요? 제가 나오지에게 당신을 모시고 오라고 하는 건 어쩐지 부자연스럽고 이상하니까 당신 스스로 취중에 불쑥 여기에 들렀다는 식으로요. 나오지의 안내를 받고 오셔도 좋지만 되도록 혼자서, 그리고 나오지가 도쿄에 가고 없을 때 와 주세요. 나오지가 있으면 당신을 나오지한테 뺏길 테고, 분명히 당신들은 오사키 씨 댁에 소주 따위를 마시러 가는 거로 끝날 게 뻔하니까요. 우리 집안은 조상 대대로 예술가를 좋아했던 모양이에요. 고린이라는 화가도 옛날에 교토 우리 집에 오랫동안 머무르며 장지문에 멋진 그림을 그려줬어요. 그러니까 어머니도 당신의 방문을 틀림없이 기뻐하실 거예요. 당신은 아마 2층 마루방에서 주무시게 되겠지요. 잊지 말고 전등을 꺼 주세요. 저는 한 손에 작은 양초를 들고 어두운 계단을 올라가…, 그럼 안 되나요? 너무 이른가요?

전 불량배가 좋아요. 그것도 딱지 붙은 불량배가 좋아요. 그리고 저도 딱지 붙은 불량배가 되고 싶어요. 그러는 것 외에 제가 살아갈 방도가 없다는 생각이 들어요. 당신은 일본에서 제일가는 딱지 붙은 불량배겠지요. 그리고 요즈음 또 많은 사람이 당신을 더럽고 추잡하다며 지독히 미워하고 공격한다는 얘기를 동생한테서 듣고는 당신이 더욱더 좋아졌어요. 그런 당신이니 필시 애인도 많이 있겠지만, 머지않아 저 한 사람만 좋아하게 될 거에요. 왠지 저는 그런 생각이 들어 죽겠어요. 그리고 당신은 저와 함께 지내며 매일 즐겁게 일할 수 있을 거예요. 어릴 적부터 저는 남들로부터 "너와 함께 있으면 힘든 걸 잊게 돼"라는 말을 들어왔어요. 저는 지금까지 남에게 미움받은 경험이 없습니다. 모두 저를 착한 아이라고 말해 주었어요. 그러니까 당신도 결코 저를 싫어하실 리가 없다고 생각합니다.

만나기만 하면 됩니다. 이젠 답장도 뭐도 필요 없어요. 만나고 싶어요. 제가 도쿄의 당신 댁으로 찾아가면 제일 간단히 만나 뵐 수 있겠지만, 어쨌든 어머니가 거의 환자 상태고, 제가 간호사 겸 가정부로 꼭 붙어 있어야 해서 아무래도 그럴 수가 없답니다. 부탁드려요. 부디 이쪽에 와 주세요. 한번 뵙고 싶어요. 그리고 모든 건 만나면 아시게 될 거예요. 제 입가 양쪽에 생긴 희미한 주름을 봐 주세요. 세기의 슬픈 주름을 봐 주세요. 그 어떤 말보다도 제 얼굴이 제 심정을 당신에게 확실히 알려드릴 거예요.

처음에 드린 편지에 제 가슴에 걸린 무지개에 관해 썼는데, 그 무지개는 반딧불 같은, 혹은 별빛 같은, 그런 고상하고 아름다운 게 아닙니다. 그렇게 옅고 먼 마음이었다면 제가 이토록 괴로워하지 않고 서서히 당신을 잊어갈 수 있었겠지요. 제 가슴의 무지개는 화염의 다리입니다. 가슴이 타버릴 정도의 마음입니다. 마약 중독자가 마약이 떨어져 약을 구할 때의 심정도 이 정도로 괴롭진 않을 겁니다. 틀린 게 아니라고, 부정한 게 아니라고 생각하면서도, 문득 저는 엄청난 바보짓을 하려는 게 아닌가 싶어 오싹하기도 합니다. 미친 게 아닌가 싶어 반성하는 마음도 자주 듭니다. 하지만 저도 냉정히 계획하는 바가 있습니다. 정말 이쪽으로 한번 와 주세요. 언제 오셔도 괜찮습니다. 저는 아무 데도 가지 않고 항상 기다리고 있어요. 저를 믿어 주십시오.

한 번 더 뵙고, 그때 싫다면 확실히 말씀해 주세요. 제 가슴의 이 불꽃은 당신이 점화한 거니 당신이 끄고 가세요. 저 혼자 힘으로는 도저히 끌 수가 없습니다. 어쨌든 만나면, 만나기만 하면, 제가 살겠습니다.『만요』*나 『겐지 이야기』**시대라면 제 부탁 따위는 아무 일도 아닌 거였을 텐데. 저의 소망은 당신의 애첩이 되고 당신 아이의 엄마가 되는 것입니다.

만약 이런 편지를 비웃는 사람이 있다면 그 사람은 여자의 살아가

---

* 『만요』(원제:萬葉集): 일본 상대 시대, 서기 400년경에서 759년에 이르는 약 350년 간에 걸친 시가집, 약 4500수.

** 『겐지 이야기』(源氏物語): 일본 헤이안 시대(794~1192) 중기, 궁녀였던 무라사키시키부의 장편 소설. 궁정 생활을 중심으로 벌어지는 겐지의 사랑 이야기.

는 노력을 비웃는 사람입니다. 여자의 목숨을 조소하는 사람입니다. 저는 숨 막힐 듯 탁한 항구의 공기가 참을 수 없어, 항구 바깥에 폭풍이 있어도 돛을 올리고 싶은 겁니다. 쉬고 있는 돛은 더럽습니다. 저를 비웃는 사람들은 틀림없이 모두 쉬고 있는 돛일 거예요. 아무것도 할 수 없습니다. 난감한 여자예요. 그러나 이 문제로 가장 괴로운 사람은 저일 겁니다. 이 문제에 대해 아무것도, 조금도 괴로워하지 않는 방관자가 돛을 흉측하게 늘어트린 채 이 문제를 비판하는 것은 난센스입니다. 저는 어설프게 무슨 무슨 사상 따위라고 말하는 걸 듣고 싶지 않아요. 제게는 사상이 없습니다. 저는 단 한 번도 사상이나 철학 따위로 행동한 적이 없습니다.

세상에서 칭찬받고 존경받는 사람들은 모두 거짓말쟁이고 가짜라는 사실을 저는 잘 알고 있어요. 저는 세상을 믿지 않습니다. 딱지 붙은 불량배만이 제 편입니다. 딱지 붙은 불량배. 저는 그런 십자가에만 큼은 못 박혀 죽어도 좋다고 생각합니다. 만인에게 비난받아도 저는 항변할 수 있어요. 너희는 딱지 붙지 않은 훨씬 더 위험한 불량배가 아니냐고.

아시겠어요?

사랑에 이유는 없습니다. 좀 핑계 같은 말을 많이 했군요. 동생 말을 흉내 냈을 뿐이라는 생각도 드네요. 오시기를 기다릴 뿐입니다. 한 번 더 뵙고 싶어요. 그뿐입니다.

기다림. 아아, 인간 생활에는 기뻐하고 화내고 슬퍼하고 미워하는 갖가지 감정이 있지만, 그건 인간 생활의 불과 1%만 차지하는 감정일 뿐, 나머지 99%는 단지 기다리며 사는 게 아닐까요? 행복의 발소리가 복도에서 들려오기를 이제나저제나 가슴이 미어지도록 기다려도 헛수고입니다. 아아, 인간의 생활이란 너무나 비참하군요. 태어나지 않는 편이 좋았을 거라고 모두가 생각하는 이 현실. 그리고 매일 아침부터 밤까지 헛되이 뭔가를 기다립니다. 너무나 비참합니다. 태어나길 잘했다고 하면서, 아아, 목숨을, 인간을, 세상을 소중히 여기고 싶습니다.

　앞을 가로막는 도덕을 치울 수는 없을까요?

　M.C(마이 체호프의 이니셜이 아닙니다. 저는 작가를 사랑하는 게 아닙니다. 마이 차일드).

5

　나는 올여름 한 남자에게 세 통의 편지를 보냈지만, 답장은 없었다. 아무리 생각해도 나는 그것 외에는 살아갈 방법이 없는 것 같아 세 통의 편지에 내 속내를 다 털어 적고 벼랑 끝에서 성난 파도를 향해 뛰어내리는 심정으로 우체통에 넣었지만 아무리 기다려도 답장은 없었다. 동생 나오지에게 넌지시 그의 안부를 물으니 그 사람은 변함없이 매일 밤 술을 마시며 돌아다니고, 점점 더 부도덕한 작품만 써서 세상 사람들의 빈축을 사고 미움을 받고 있는 것 같았다. 나오지에게 출판업을 시작해 보라고 권하기도 해서 나오지는 그 사람 외에도 두 세명의 소설가 분을 고문으로 앉히는 등 일에 적극적이었다. 자본을 대줄 사람이 있대나 뭐래나 하는 나오지의 이야기를 듣고 있노라면 내가 사랑하는 사람의 주변 분위기에 내 냄새는 조금도 배어 있지 않은 것 같았다. 나는 부끄럽다는 생각보다 이 세상이라는 게 내가 생각하는 것과는 전혀 다른 별개의 기묘한 생물체처럼 느껴졌다. 나 혼자만 내동댕이쳐져 있고 소리쳐 불러도 아무런 반응이 없는 해질 무렵 가을 황야에 우두커니 서 있는 듯했다. 나는 이제까지 느껴본 적 없는 처참한 기분에 휩싸였다. 이게 실연이라는 걸까? 황야에 이렇게 멀거니 서 있는 동안 해가 완전히 저물어서 밤이슬에 얼어 죽을 수밖에 없을 거라 생각하니 눈물 없는 통곡으로 양어깨와 가슴이 격렬하게 들썩거리고 숨도 못 쉴 지경이 되었다.

이제 어떻게든 상경해서 우에하라 씨를 만나야지, 내 돛은 이미 올려져 항구 밖으로 나가버렸으니 이대로 멀거니 서 있을 순 없다고, 갈 데까지 가야 한다고 몰래 상경할 마음 준비를 시작한 순간 어머니 상태가 이상해졌다.

밤새도록 심한 기침이 나와 열을 재 보니 39도였다.

"오늘 좀 추웠으니까. 내일이면 나을 거야."

어머니는 콜록거리며 작은 소리로 말했지만 나는 아무래도 단순한 기침이 아닌 걸로 생각되어 내일은 어쨌든 아랫마을 의사 선생님을 부르기로 마음 먹었다.

다음 날 아침, 열이 37도로 내리고 기침도 줄었지만 그래도 나는 마을 의사 선생님께 가서 어머니가 요즘 갑자기 약해졌고, 어젯밤부터 열이 나고 기침도 단순한 감기의 기침과는 다른 듯하다고 말하며 진찰을 부탁했다.

의사 선생님은 그럼 나중에 방문하겠다고 하고, 이건 선물로 받은 거라며 응접실 구석 찬장에서 배 세 개를 꺼내 내게 주셨다. 그리고 정오 조금 지나 잔무늬가 있는 흰색 여름용 하오리 차림으로 진찰하러 오셨다. 여느 때처럼 공들여 오랫동안 진찰하신 다음 내 쪽으로 몸을 돌려 정면으로 보고는

"걱정할 필요는 없습니다. 약을 드시면 나을 거예요."

라고 하셨다.

나는 묘하게 이상하다는 생각에 웃음을 참으며

"주사를 놓으면 어떤가요?"

하고 물었는데 의사 선생님은 진지하게

"그럴 필요는 없을 거예요. 감기니까 안정을 취하고 계시면 금방 나을 겁니다."

라고 하셨다.

하지만 어머니의 열은 그리고 일주일이 지나도 내리지 않았다. 기침은 가라앉았지만 열은 아침에 37도 7부 정도였다가 저녁이 되면 39도가 되었다. 의사 선생님이 그 다음 날부터 배탈인지 뭔지로 일을 쉬어서 내가 약을 받으러 갔다. 어머니의 용태가 심상치 않다는 걸 간호사를 통해 선생님께 전했지만 보통 감기이니 걱정할 필요 없다고 물약과 가루약을 건네 받았다.

나오지는 여전히 도쿄에 간 지 벌써 열흘 넘게 돌아오지 않고 있다. 나는 혼자 불안한 나머지 와다 숙부에게 어머니의 상태가 좋지 않

다는 걸 엽서에 적어 알렸다.

열이 나고 거의 열흘째에 마을 의사 선생님이 겨우 배탈이 나았다며 진찰하러 오셨다.

선생님은 어머니 가슴을 진지한 표정으로 진찰하다가,

"알았습니다. 알았어요."

하고 외치시더니 몸을 돌려 나를 정면으로 바라보며,

"열의 원인을 알았습니다. 왼쪽 폐에 침윤이 생겼어요. 하지만 걱정하실 필요는 없습니다. 열은 당분간 계속되겠지만 안정을 취하면 걱정 없을 거예요."

라고 하셨다.

그럴까 싶으면서도 물에 빠진 사람이 지푸라기라도 잡는 심정으로 마을 의사 선생님의 그 진단에 나는 좀 안심한 부분도 있었다.

의사 선생님이 돌아간 뒤

"다행이네요, 어머니. 약간의 침윤은 누구한테든 있으니까요. 마음만 굳게 먹으면 쉽게 나을 거예요, 올여름 불순한 날씨 때문이에요. 여름이 싫어요. 저는 여름꽃도 싫어요."

라고 하자 어머니는 눈을 감은 채 웃었다.

"여름꽃을 좋아하는 사람은 여름에 죽는다니까 나도 올여름쯤엔 죽나 싶었는데 나오지가 돌아와서 가을까지 살게 되었구나."

저런 나오지라도 역시 어머니가 살면서 의지할 기둥이 되나 싶어 괴로웠다.

"그럼 이제 여름도 지났으니 어머니는 고비를 넘기신 거예요. 어머니, 마당에 싸리꽃이 피었어요. 그리고 마타리, 오이풀, 도라지, 솔새, 참억새, 마당이 완전히 가을 정원이 되었어요. 10월이 되면 필시 열도 내리실 거예요."

나는 그렇게 되기를 기도했다. 빨리 이 9월의 무더운 소위 늦더위의 계절이 지나갔으면 좋겠다. 그렇게 국화꽃이 피고 화창하고 따뜻한 가을 날씨가 계속되면 분명 어머니는 열도 내리고 건강해지실 거다. 나는 그 사람과 만날 수 있게 되고, 내 계획도 커다란 국화꽃처럼 멋지게 꽃피울 수 있을지도 모른다. 아아, 어서 10월이 되어 어머니의 열이 내렸으면 좋겠다.

와다 숙부에게 엽서를 보내고 일주일쯤 지나서 일이다. 와다 숙부의 주선으로 예전에 시의*를 하던 미야케라는 연로한 선생님이 간호사를 데리고 도쿄에서 진찰을 와 주셨다.

선생님은 돌아가신 아버지와도 친분이 있었던 분이라 어머니는 아주 기뻐하는 것 같았다. 게다가 선생님은 옛날부터 언행이 거칠었는데 그게 또 어머니 마음에 들었던 모양이다. 그날은 진찰도 뒤로 미루고 격의 없이 두 분이 세상 돌아가는 이야기를 하며 즐거워했다. 내가 부엌에서 푸딩을 만들어 방으로 들고 갔더니, 이미 그 사이에 진찰도 끝난 듯 선생님은 청진기를 아무렇게나 목걸이처럼 어깨에 걸친 채 객실 복도 등의자에 앉아,

"나도 포장마차에 들어가서 서서 우동을 먹어요. 맛이 있든 없든요."

---

*　시의: 천황 이하 황족의 진료를 맡았던 의사

하고 느긋이 잡담을 계속하셨다. 어머니도 무심한 표정으로 천장을 보며 그 이야기를 듣고 있었다. 아무 일도 아니었구나 하며 나는 안심을 했다.

"어떠신 건가요? 여기 마을 의사 선생님은 왼쪽 가슴에 침윤이 있다고 하셨는데요."

하고 나도 갑자기 기운이 나서 미야케 선생님께 물었다. 선생님은 아무렇지도 않은 듯이,

"뭐 괜찮아."

하고 가볍게 말씀하셨다.

"아, 다행이에요. 어머니."

하고 진심으로 미소를 지으며 어머니에게 말했다.

"괜찮대요."

그때 미야케 선생님이 등의자에서 갑자기 일어나 응접실 쪽으로 가셨다. 뭔가 내게 볼일이 있는 듯 보여 나는 슬쩍 그 뒤를 따라갔다.

선생님은 응접실의 벽걸이 뒤에 가서 멈춰 서더니

"그르렁 그르렁 하는 소리가 들려."

하고 말씀하셨다.

"침윤이 아닌가요?"

"아니야."

"기관지염이에요?"

나는 이미 눈물이 글썽해지며 물었다.

"아니야."

결핵! 나는 그거라고 생각하고 싶지 않았다. 폐렴이나 침윤, 기관지염이라면 반드시 내 힘으로 낫게 해 드리겠지만, 결핵이라면, 아아, 이제 가망 없을지도 모른다. 나는 발밑이 무너져내리는 듯한 느낌이 들었다.

"소리가 아주 안 좋은가요? 그르렁 그르렁 소리가 들리나요?"

불안한 마음에 나는 흐느껴 울었다.

"오른쪽, 왼쪽 전부 그래."

"하지만 어머니는 아직 기운이 넘치세요. 밥도 맛있다고 하시고…."

"어쩔 수 없어."

"거짓말이에요. 그럴 리 없죠? 버터나 계란, 우유를 많이 드시면 나을 수 있죠? 몸에 저항력만 생기면 열도 내리죠?"

"응, 뭐든 많이 먹어야지."

"그렇죠? 토마토도 매일 다섯 개 정도는 드시는걸요."

"응, 토마토는 좋아."

"그럼 괜찮은 거죠? 낫는 거죠?"

"하지만 이번 병은 치명적이 될지도 몰라. 그렇게 생각하고 있는 편이 좋아."

사람의 힘으로는 도저히 어쩔 수 없는 일이 이 세상에 많이 있다고 하는, 일종의 절망의 벽 같은 것을 난생처음 안 듯한 기분이 들었다.

"이년? 삼년?"

나는 떨면서 작은 목소리로 물었다.

"모르겠어. 어쨌든 더는 손 쓸 수가 없어."

그리고 미야케 선생님은 그날 이즈의 나가오카 온천에 방을 예약해두었다며 간호사와 함께 돌아가셨다. 문밖까지 배웅해드리고 정신없이 방에 돌아와 어머니 머리맡에 앉아 아무 일도 없었다는 듯 웃으니 어머니는,

"선생님이 뭐라고 하셨어?"하고 물었다.

"열만 내리면 된대요."

"가슴 쪽은?"

"별거 아닌가 봐요. 언젠가 병 앓았을 때 있잖아요. 틀림없이 그때 같은 거예요. 이제 선선해지면 점차 건강해지실 거예요."

나는 자신의 거짓말을 믿으려고 했다. 치명적이라는 무서운 말은 잊으려고 했다. 내게 어머니가 돌아가시는 건 바로 내 육체도 함께 소실해 버리는 느낌이라 도저히 사실이라고는 생각할 수 없었다. 이제부터는 다 잊고 어머니께 맛있는 음식을 많이 만들어드려야지, 생선, 수프, 통조림, 간, 육즙, 토마토, 계란, 우유, 맑은 장국, 두부가 있으면 좋을 텐데. 두부 넣은 된장국, 흰 쌀밥, 떡. 맛있을 것 같은 건 뭐든지, 내가 가진 걸 모두 팔아서 어머니께 음식을 대접해 드려야지.

나는 일어나 응접실로 갔다. 그리고 응접실 소파를 방 옆 툇마루 가까이 옮기고 어머니의 얼굴이 보이도록 앉았다. 누워 있는 어머니는 전혀 환자 같지 않았다. 눈은 맑고 아름답게 빛났고, 안색도 생기가 넘쳤다. 어머니는 매일 아침 규칙적으로 일어나 세수하러 갔다. 그리고 작은 욕실에서 손수 머리를 묶고 몸단장을 단정히 하고는 침상으로 돌아와 앉아 그곳에서 식사를 마쳤다. 그리고는 누웠다 일어났

다 하며 오전 중에는 계속 신문이나 책을 읽었다. 열이 나는 것은 오후뿐이었다.

'아아, 어머니는 건강한 거야. 분명 괜찮은 거야.'

나는 마음속에서 미야케 선생님의 진단을 강하게 지웠다. 10월이 되어 국화꽃이 필 무렵이 되면 좋겠다고 생각하던 나는 꾸벅꾸벅 선잠을 자기 시작했다. 현실에서는 한번도 본 적이 없는 풍경이었지만, 꿈에서는 이따금 그 풍경을 본 모양이다. 아아, 여기 또 왔네 하고 낯익은 숲속 호숫가로 갔다. 나는 기모노를 입은 청년과 발소리도 내지 않고 함께 걷고 있었다. 풍경 전체가 초록빛 안개가 낀 듯한 느낌이었다. 그리고 호수 밑바닥에는 희고 가느다란 다리가 잠겨 있었다.

"아아, 다리가 잠겨 있네. 오늘은 아무데도 못 가겠어. 이곳 호텔에서 쉬자. 틀림없이 빈방이 있을 거야."

호숫가에 돌로 지은 호텔이 있었다. 그 호텔의 돌은 초록빛 안개에 촉촉이 젖어 있었다. 돌문 위에 금박으로 가늘게 HOTEL SWITZERLAND라고 새겨져 있었다. S,W,I 하고 읽던 중 문득 어머니 생각이 났다. 어머니는 어떻게 하실까? 어머니도 이 호텔에 오실까? 하고 궁금해졌다. 그리고 청년과 함께 돌문을 지나 앞뜰로 들어갔다. 안개 낀 정원에 수국 비슷한 크고 붉은 꽃이 달아오르듯 피어 있었다. 어릴 적 이불에 새빨간 수국 꽃무늬가 여기저기 있는 걸 보고 이상하게 슬펐는데, 역시 빨간 수국꽃이 정말로 있구나 싶었다.

"안 추워?"

"응, 조금. 안개 때문에 귀가 젖어서 귀 뒤쪽이 시려."

하고 말하고는 웃으면서,

"어머니는 어떻게 하고 계실까?"하고 물었다.

그러자 청년은 아주 슬프면서도 자애로운 미소로,

"그분은 무덤 안에 계셔."

하고 대답했다.

"아!"

나는 작게 소리쳤다. 그랬던 거다. 어머니는 이제 안 계신다. 어머니의 장례식도 이미 오래전에 치르지 않았나, 아아, 어머니가 이미 돌아가셨다는 걸 의식하니 말할 수 없는 쓸쓸함에 몸이 떨리고 잠이 깼다.

베란다를 보니 이미 해질 무렵이었다. 비가 내리고 있었다. 초록빛 쓸쓸함은 꿈 그대로 주변에 감돌고 있었다.

"어머니!"

하고 나는 불러보았다.

조용한 목소리로,

"뭐 해?"

하는 답변이 왔다.

나는 기쁨에 벌떡 일어나 방으로 갔다. "방금 저, 자고 있었어요."

"그래? 뭘 하고 있나 했어. 낮잠을 오래 잤구나."

하고 어머니는 재미있다는 듯이 웃었다.

나는 어머니가 이렇게 우아하게 숨 쉬며 살아 있다는 것이 너무나 기쁘고 고마워서 눈물을 글썽이고 말았다.

"저녁은 뭐로 할까요? 드시고 싶은 거라도?"

나는 조금 들뜬 어조로 그렇게 말했다.

"괜찮아, 아무것도 필요 없어. 오늘은 39도 5부까지 올라갔어."

갑자기 나는 맥이 풀렸다. 그리고 어찌할 바를 몰라 어슴푸레 어두워진 방안을 멍하니 둘러보다가, 문득 죽고 싶어졌다.

"무슨 일이죠? 39도 5부라니요."

"별거 아니야, 단지 열나기 전이 싫어. 머리가 좀 아파지고 오한이 들다가 열이 나거든."

밖은 이미 어두워졌고 비는 그친 듯 했는데 바람이 불기 시작했다. 등을 켜고 식당에 가려는데 어머니가,

"눈부시니 켜지 마."

라고 했다.

"어두운 데서 가만히 누워 계시는 거 싫어하잖아요."

내가 선 채로 물으니 어머니는,

"눈을 감고 누워 있으니 마찬가지야. 전혀 안 쓸쓸해. 오히려 눈부신 게 싫어. 앞으로도 계속 방 등은 켜지 마라."

하고 말했다.

내게는 그것도 또 불길한 느낌이라 잠자코 방의 전등을 끄고 옆방으로 가서 옆방 스탠드를 켰다. 견딜 수 없이 쓸쓸해져 서둘러 식당으로 갔다. 통조림 연어를 식은 밥 위에 얹어 먹는데 눈물이 똑똑 떨어졌다.

밤이 되자 바람이 점점 더 거세게 불었는데, 9시쯤부터는 비마저 섞여 진짜 폭풍우가 되었다. 이삼일 전 걷어 올린 툇마루 끝 발이 툭

툭 소리를 냈다. 난 옆방에서 로자 룩셈부르크*의 『경제학 입문』을 묘한 흥분을 느끼면서 읽고 있었다. 이 책은 내가 얼마 전 2층 나오지 방에서 가져온 것이다. 그때 이것과 함께 레닌** 선집, 카우츠키***의 『사회혁명』도 마음대로 가져와 옆방 내 책상 위에 놓아두었는데, 어머니가 아침에 세수하고 방에 돌아가는 길에 내 책상 옆을 지나가다 문득 그 세 권의 책을 보더니 일일이 손에 들고 살펴보았다. 그리고 작은 한숨을 내쉬며 다시 살짝 책상 위에 책을 놓고는 쓸쓸한 표정으로 내 쪽을 힐끗 쳐다봤다. 하지만 그 눈빛은 깊은 슬픔으로 가득 차 있으면서도 결코 거부나 혐오가 들어 있지는 않았다. 어

---

 * 로자 룩셈부르크(1871~1919): 독일의 사회주의자이자 경제학자. 사회민주당의 좌익 급진파로 제 1차 세계대전 직후에 혁명을 기도하다 체포되어 학살당했다.

 ** 레닌(1870~1924): 러시아 공산당을 창설하여 혁명을 지도했고 소련 최초의 국가원수가 되었다.

*** 카우쓰키(1854~1938): 독일의 사회주의자이자 경제학자. 마르크스주의의 해설, 보급에 힘쓰다가 이후 사회민주주의자로 전향했다.

머니가 읽는 책은 위고*, 뒤마 부자**, 뮈세***, 도데**** 등이었지만, 나는 그런 감미로운 이야기책에도 혁명의 냄새가 있다는 걸 알고 있다. 천성적 교양이라는 말도 이상하기는 하지만, 그런 것을 지닌 분은 의외로 혁명을 아무렇지도 않게 당연한 듯 맞이할 수 있을지도 모른다. 나 역시 이렇게 로자 룩셈부르크의 책을 읽으며 자신이 같잖다는 생각도 들기는 한다. 하지만 또 나 나름대로 깊은 흥미를 느끼고 있다. 여기 쓰여 있는 건 경제학에 관한 내용이지만, 경제학으로서만 읽으면 정말 시시하다. 실로 단순하고 뻔한 이야기뿐이다. 아니, 내가 경제학을 전혀 이해 못하는지도 모른다. 어쨌든 내게는 조금도 재미있지 않다. 인간이란 인색한 존재이고, 그리고 항상 인색하다는 전제 하에서만 성립하는 학문이다. 인색하지 않은 사람에게는 분배 문제든 뭐든 전혀 흥미 없는 이야기다. 그래도 나는 이 책을 읽고 다른 면에서 묘한 흥분을 느꼈다. 그것은 이 책의 저자가 아무런 주저 없이 기존의 사상을 모조리 파괴해가는 저돌적인 용기를 지

---

* 위고(1802~1885): 프랑스의 시인, 소설가. 극작가. 인도주의적 작품을 썼다.『파리의 노틀담』,『레·미제라블』

** 뒤마 부자(1803~1870)(1824~1895): 두 사람 모두 프랑스의 극작가, 소설가. 아버지 작품에는『삼총사』,『몬테 크리스토 백작』, 아들 작품에는『춘희』등이 있다.

*** 뮈세(1810~1857): 프랑스의 시인, 소설가, 극작가. 낭만주의의 대표자. 희곡에『장난으로 사랑을 하지 않을 것』이 있다.

**** 도데(1840~1897): 프랑스의 소설가. 자연주의작가. 희곡에『아를르의 여인』등이 있다.

넸기 때문이다. 아무리 도덕에 반하더라도 사랑하는 사람 곁으로 시원하게 내달리는 유부녀의 모습조차 떠오른다. 파괴 사상. 파괴는 애처롭고 슬프고 또 아름다운 것이다. 파괴하고 다시 세워 완성하려는 꿈. 그렇게 일단 파괴하면 영원히 완성의 날이 오지 않을지도 모르는데도 사랑 때문에 파괴해야 하는 거다. 혁명을 일으켜야 한다. 로자는 마르크스주의와 슬프고도 맹목적인 사랑을 하고 있다.

이건 12년 전 겨울에 있었던 일이다.

"너는『사라시나 일기』*의 소녀로구나. 더 무슨 말을 해도 소용없겠어."

그렇게 말하며 나한테서 멀어져간 친구. 그때 나는 그 친구에게 레닌 책을 읽지 않고 돌려주었다.

"읽었니?"

"미안, 안 읽었어."

니콜라이 성당이 보이는 다리 위였다.

"왜? 어째서?"

그 친구는 나보다 키가 한 치 정도 더 컸고 어학을 아주 잘했다. 빨간 베레모가 잘 어울렸고 얼굴도 모나리자와 닮았다는 소릴 듣는 아름다운 사람이었다.

---

* 『사라시나 일기(更級日記)』: 11세기 스가와라노 다카스에의 딸이 쓴 일기로, 13세 때부터 남편과 사별하기까지한 문학 소녀의 추억담과 꿈 이야기를 유려한 필치로 기록하고 있다.

"표지 색깔이 싫었어."

"이상한 애구나, 그런 게 아니지? 실은 내가 무서워진 거지?"

"무섭지 않아. 난, 진짜 표지 색이 참을 수 없었어."

"그래?"

라고 쓸쓸히 말하고는 나를 '사라시나 일기'라고 하면서 무슨 말을 해도 어쩔 수 없다는 식이었다.

우린 잠시 말없이 겨울 강을 내려다보았다.

"안녕, 만약 이게 영원한 이별이라면 영원히 안녕, 바이런*."

하며 바이런의 시구를 원문으로 재빨리 읊고는 내 몸을 가볍게 안았다.

나는 부끄러워서,

"미안해."

하고 작은 소리로 사과한 뒤 오차노미즈 역 쪽으로 걸어갔다. 뒤돌아보니 그 친구는 역시 다리 위에 선 채 꼼짝도 않고 가만히 나를 바라보고 있었다. 그걸 끝으로 그 친구와 만나지 않았다. 같은 외국인 교사 집에 다녔지만 학교가 달랐던 것이다.

그로부터 십이년이 지났지만 난 역시 『사라시나 일기』에서 한 걸음도 나아가지 못했다. 도대체 그동안 나는 뭘 하고 있었던 걸까? 혁명을 동경한 적도 없었고, 사랑조차 몰랐다. 지금까지 세상 어른들은

---

* 바이런(1788~1824): 영국 시인. 낭만주의의 대표적 인물로 『차일드 헤럴드의 순례』 『돈 주앙』등을 썼다. 1822년 그리스 독립전쟁에 지원 종군 중 병사.

우리에게 혁명과 사랑, 이 두 가지를 가장 어리석고 꺼림칙한 것이라고 가르쳤다. 전쟁 전에도 전쟁 중에도 우린 그대로 믿었다. 하지만 패전 후 세상 어른들을 신뢰할 수 없게 되었고, 뭐든 그들이 말하는 반대편에 진정한 삶의 길이 있을 것 같았다. 혁명과 사랑 모두 사실 이 세상에서 가장 좋고 맛있는 건데, 너무나 좋은 거라 어른들이 심술궂게도 우리에게 덜 익은 포도라고 거짓말했던 게 틀림없다고 생각하게 되었다. 나는 확신하고 싶다. 인간은 사랑과 혁명을 위해 태어난 것이다.

쓱 하고 장지문이 열리더니 어머니가 웃으며 얼굴을 내밀었다.

"아직 안 잤구나? 졸리지 않니?"

책상 위 시계를 보니 12시였다.

"네, 전혀 졸리지 않아요. 사회주의 책을 읽었더니 흥분이 돼요."

"그래? 술 없니? 그럴 땐 술 마시고 자면 잠이 잘 오는데."

하고 놀리는 듯한 어조로 말했다. 그 태도엔 어쩐지 데카당과 종이 한 장 차이의 요염함이 있었다.

이윽고 10월이 되었지만 활짝 갠 가을 하늘이 아니라 장마철 같은 눅눅하고 후덥지근한 날이 이어졌다. 그리고 매일 저녁 어머니의 열은 38도와 39도 사이를 오르내렸다.

그러던 어느 날 아침, 나는 무서운 것을 봤다. 어머니의 손이 부어 있었던 거다. 아침밥이 제일 맛있다고 하던 어머니도 요즈음은 침상에 앉아 아주 조금 죽을 가볍게 한 그릇만 드시고, 반찬도 냄새가 심한 것은 못 드셨다. 그날은 송이버섯을 넣은 맑은장국을 드렸는데 역시 송이버섯 향이 싫었던 듯 밥그릇을 입언저리로 가져가다 말고 가만히 밥상 위에 내려놓았다.

그때 나는 어머니 손을 보고 깜짝 놀랐다. 오른손이 퉁퉁 부어올라 있었던 것이다.

"어머니! 손 괜찮아요?"

얼굴마저도 약간 창백해져 부어오른 것처럼 보였다.

"괜찮아. 이 정도 아무렇지도 않아."

"언제부터 부었어요?"

어머니는 눈이 부신 듯한 표정을 하고 잠자코 있었다. 나는 소리내어 울고 싶어졌다. 이런 손은 어머니의 손이 아니다. 다른 집 아주머니의 손이다. 내 어머니의 손은 더 가느다랗고 자그마한 손이다. 내가 잘 아는 손, 부드러운 손, 귀여운 손. 그 손은 영원히 사라져 버린 걸까? 왼손은 아직 그다지 붓지 않았지만 어쨌든 애처로워서 보고 있을 수 없었다. 나는 눈을 돌려 도코노마*의 꽃바구니를 노려보았다.

눈물이 나올 것 같아 견딜 수 없어 벌떡 일어나 식당에 가니, 나오지가 혼자 반숙 계란을 먹고 있었다. 나오지는 이따금 이즈 집에 있는 경우가 있더라도 밤에는 늘상 오사키 씨네 집에 가서 소주를 마셨다. 아침에는 언짢은 표정으로 밥은 먹지도 않고 반숙 계란만 너덧 개 먹을 뿐이었다. 그리고는 다시 2층으로 올라가 자다 깨다 하곤 했다.

---

* 일본 건축에서 객실인 다다미방의 정면에 바닥을 한층 높게 만든 공간. 벽에는 족자를 걸고 꽃병이나 장식품 등을 놓아두는 장소.

"어머니 손이 부어서."

하고 나오지에게 얘기하다 말고 고개를 숙였다. 말을 이을 수가 없어서 나는 고개를 떨군 채 어깨를 들썩이며 울었다.

나오지는 잠자코 있었다.

나는 얼굴을 들고,

"이젠 안돼. 너 눈치 못 챘니? 저렇게 부으면 이제 틀린 거야."

하고 테이블 모서리를 쥔 채 말했다.

나오지도 어두운 표정이 되었다.

"머지 않은 거겠지. 그럼, 쳇, 소용없는 일이 됐어."

"난 다시 한번 고치고 싶어. 어떻게든 고칠 거야."

하고 오른손으로 왼손을 꽉 쥔 채 말하니, 갑자기 나오지가 훌쩍훌쩍 울기 시작하면서,

"좋은 일이 하나도 없잖아?. 우리한텐 왜 좋은 일이 하나도 없냐고."

하며 주먹으로 눈을 마구 비벼댔다.

그날 나오지는 와다 숙부께 어머니의 용태를 보고하고 앞으로 있을 일에 대한 지시를 받으러 도쿄로 갔다. 나는 어머니 곁에 없을 때는 아침부터 밤까지 거의 울며 지냈다. 우유 배급을 받으러 아침 안개 속을 걸어갈 때도, 거울을 마주하고 머리를 매만질 때도, 립스틱을 바를 때도 나는 늘 울었다. 어머니와 지낸 행복했던 날들의 이러저러한 일들이 그림처럼 떠올라 계속해서 울 수밖에 없었다. 저녁 무렵 어두워지자 응접실 베란다에 나가서 오랫동안 흐느껴 울었다. 가을 하늘에는 별이 빛나고 있었고, 발밑에는 남의 집 고양이가 웅크린 채 움직

이지 않았다.

다음 날 손의 부기는 전날보다도 더 심해져 있었다. 음식은 아무것도 못 먹었다. 감귤 주스도 입안이 다 헐어서 쓰라려 못 마시겠다고 했다.

"어머니, 나오지가 말한 그 마스크를 해 보시면 어때요?"

하고 웃으면서 말할 생각이었는데, 말하는 사이에 괴로워져서 으앙 하고 소리 내어 울고 말았다.

"매일 바빠서 피곤하지? 간호사를 고용하렴."

하고 어머니가 조용히 말했다. 당신의 몸보다도 내 몸을 더 걱정하고 있다는 걸 아주 잘 알기에 더욱 슬펐다. 일어나 작은 욕실로 가 실컷 울었다.

점심때가 조금 지나 나오지가 미야케 선생님과 간호사 두 명을 데리고 왔다.

늘 농담만 하시던 선생님도 그때는 화가 난 듯한 기색으로 거리낌 없이 병실로 들어와 곧바로 진찰을 시작하셨다. 그리고는 누구에게랄 것 없이 혼잣말로,

"많이 쇠약해지셨군요."

라는 한마디 말씀만 나직이 하시고 강심제 주사를 놓아 주셨다.

"선생님, 숙소는요?"

하고 어머니는 잠꼬대처럼 말했다.

"또 나가오카예요. 예약해 두었으니까 걱정 안하셔도 돼요. 환자분은 남의 일 걱정 마시고 더 마음대로, 드시고 싶은 건 뭐든 많이 드셔

야 합니다. 영양분을 섭취하면 좋아지실 거예요. 내일 또 오겠습니다. 간호사를 한 명 두고 갈 테니 쓰세요."

미야케 선생님은 병상의 어머니를 향해 큰소리로 말씀하시고는, 나오지에게 눈짓하며 일어섰다.

나오지 혼자 선생님과 수행 간호사를 배웅하러 갔다. 이윽고 되돌아온 나오지의 얼굴을 보니 울고 싶은 걸 참고 있는 표정이었다.

우리는 슬그머니 병실에서 나와 식당으로 갔다.

"안 돼? 그런 거지?"

"제장."

나오지는 입술을 일그러뜨리며 웃더니,

"아주 급격히 쇠약해지신 것 같아. 오늘일지 내일일지 모른다고 했어."

하고 말하는 중에 나오지의 눈에서 눈물이 흘러나왔다.

"여기저기 전보를 치지 않아도 될까?"

나는 오히려 침착하게 말했다.

"그건 숙부와도 상의했지만 숙부는 지금 그렇게 사람들을 불러모을 수 있는 시기가 아니라고 했어. 와 줘도 이런 비좁은 집이면 오히려 실례가 되고, 이 근처에는 변변한 숙소도 없는 데다, 나가오카 온천도 방을 두 세개씩이나 예약하는 게 불가능해. 요컨대 우리는 이제 가난해서 그런 높은 분들을 불러들일 힘이 없다는 거지. 숙부는 곧 뒤에 오시겠지만 그 양반은 옛날부터 구두쇠라 의지고 뭐고 안 돼. 어젯밤만 해도 어머니 병은 제쳐두고, 나한테 잔뜩 설교만 늘어놓았어. 구두쇠한테 설교를 듣고 정신 차렸다는 사람은 동서고금을 막론하고 한 명도 없는데 말이야. 누나 동생 사이라도 어머니와 그 양반은 완전히 하늘과 땅 차이라니까. 정말 싫어.”

“하지만 나는 어쨌든, 넌 앞으로 숙부께 의지해야 하는데….”

“딱 질색이야. 차라리 거지가 되는 편이 나아. 누나야말로 앞으로 숙부께 잘 말씀드리고 매달려 봐.”

“난….”

눈물이 났다.

“난 갈 데가 있어.”

“혼담? 정해졌어?”

“아니.”

“자립하려고? 일하는 여성? 관둬, 관두라고.”

“자립이 아니야. 난 말이지, 혁명가가 될 거야.”

“뭐라고?”

나오지는 이상하다는 표정으로 나를 봤다.

그때 미야케 선생님이 데려온 간호사가 나를 부르러 왔다.

“부인이 뭔가 하실 말씀이 있는 것 같아요.”

나는 서둘러 병실에 가서 이불 옆에 앉으며,

“무슨 일이에요?”

하고 일굴을 가까이 대고 물었다.

하지만 어머니는 뭔가 말하고 싶어하는 듯 하면서도 잠자코 있었다.

“물이요?”

하고 물었다.

미미하게 고개를 저었다. 물도 아닌 것 같았다.

어머니는 잠시 후 작은 목소리로,

"꿈을 꿨어."

라고 했다.

"그래요? 어떤 꿈이요?"

"뱀 꿈."

나는 흠칫 놀랐다.

"툇마루 섬돌 위에 붉은 줄무늬 암컷 뱀이 있을 거야. 가서 봐 봐."

나는 몸이 오싹해지는 것 같았다. 가만히 일어나 툇마루에 가서 유리문 너머로 보니, 섬돌 위에 뱀이 가을 햇빛을 받으며 길게 몸을 늘어뜨리고 있었다. 나는 어질어질 현기증이 났다.

난 너를 알아. 넌 그때보다 조금 더 커졌고 늙었지만 내가 알을 태운 바로 그 암컷 뱀이지? 네 복수는 이제 내가 알았으니 저기로 가! 당장 저리 가버려!'

하고 마음속으로 염원하며 그 뱀을 바라보았지만 뱀은 도무지 움직이려 하지 않았다. 나는 왠지 간호사에게 그 뱀을 들키고 싶지 않았다. 나는 쿵 하고 세게 발을 구르며,

"없어요, 어머니. 꿈 따위 믿을 게 못 돼요."

하고 일부러 필요 이상으로 큰 소리로 말하고 힐끗 섬돌 쪽을 보니 뱀은 그제야 몸을 움직여 스르륵 섬돌에서 미끄러져 내려갔다.

이제 소용없다, 끝장이다 하면서 그 뱀을 바라보았다. 처음으로 내

가슴 속에서 체념이 솟아났다. 아버지가 돌아가실 때에도 머리맡에 검고 작은 뱀이 있었다고 했다. 또 그때 나는 정원 나무란 나무 모두에 뱀이 엉겨붙어 있는 걸 보았다.

어머니는 침상에 일어나 앉을 기력도 없어진 듯 늘상 꾸벅꾸벅 졸기만 했다. 이제 몸을 완전히 간호사에게 내맡기고, 식사도 거의 삼키지 못하는 것 같았다. 뱀을 보고 나서 나는 슬픔의 바닥을 빠져나온 마음의 평안이라고나 할까, 그런 행복감과 비슷한 마음의 여유가 생겼고, 이제 이렇게 된 바에는 가능한 한 그저 어머니 곁에 있자고 생각했다. 그리고 이튿날부터 어머니 머리맡에 바싹 붙어 앉아 뜨개질을 했다. 나는 뜨개질이든 바느질이든 남들보다 훨씬 빨랐지만 서투르기도 했다. 그래서 언제나 어머니는 그 서툰 부분을 일일이 손을 잡고 가르쳐 주곤 했다. 그날도 나는 별로 뜨개질할 마음이 없었다. 하지만, 어머니 곁에 찰싹 붙어 있어도 어색하지 않도록 폼을 잡으려고 털실 상자를 가져와 열심히 뜨개질을 하기 시작했다.

어머니는 내 손을 물끄러미 바라보다가,

"네 양말을 뜰 거지? 그러면 여덟 코 더 늘여야 신을 때 안 불편해."

하고 말했다.

나는 어릴 적 아무리 가르쳐 주어도 뜨개질을 잘 못 했는데, 그때처럼 당황스럽고 부끄러우면서도 마음이 끌렸다. 아아, 이젠 이렇게 어머니한테 배우는 것도 이걸로 끝이라고 생각하니 그만 눈물이 나서 뜨개질 코가 보이지 않게 되었다. 어머니는 이렇게 누워 계실 때면 조금도 고통스러워 보이지 않았다. 식사는 이미 오늘 아침부터 어려워져 가제에 차를 적셔 때때로 입을 축여드릴 뿐이었는데, 의식은 명료해서 가끔 내게 부드럽게 말을 걸었다.

"신문에 폐하 사진이 나온 모양인데 다시 한번 보여줄래?"

나는 신문의 그 부분을 어머니 얼굴 위로 펴 들었다.

"늙으셨구나."

"아니에요. 이건 사진이 잘못 나온 거예요. 지난 번 사진은 아주 젊고 활기차게 보였어요. 오히려 이런 시대를 기뻐하고 있으실 거예요."

"왜?"

"왜냐면 폐하도 이번에 해방되셨으니까요."

어머니는 쓸쓸한 듯 웃으셨다. 그리고 잠시 후,

"울고 싶어도 이젠 눈물이 안 나오는구나."라고 했다.

나는 문득, 어머니가 지금 행복한 게 아닐까 생각했다. 행복감이란 비애의 강바닥에 가라앉아 희미하게 빛나는 사금 같은 것이 아닐까? 슬픔의 극한을 지나 이상하게도 희미하게 빛나는 기분, 그것이 행복감이라고 한다면 폐하도, 어머니도, 그리고 나도, 분명 지금 행복한 것이다. 고요한 가을 오전, 햇살이 부드러운 가을 마당, 나는 뜨개질을 멈추고 가슴 높이에서 빛나는 바다를 바라보며,

"어머니, 전 지금까지 꽤 세상 물정에 어두운 사람이었던 거죠?"

라고 했다. 더 하고픈 말이 있었지만 방 한쪽 구석에서 정맥 주사 준비를 하는 간호사가 들을까 부끄러워 입을 다물었다.

"지금까지라니…."

어머니는 희미하게 웃으며 따지듯 물었다.

"그럼 지금은 세상을 알아?"

나는 왠지 얼굴이 새빨개졌다.

"세상은 알 수 없어."

하며 어머니는 얼굴을 저쪽으로 돌리고, 혼잣말처럼 작은 소리로 말했다.

"난 모르겠어. 아는 사람도 없지 않을까? 언제까지나 우린 모두 어린애야. 아무것도 알 수 없어."

하지만 나는 살아가야 한다. 어린애일지 모르지만, 그래도 마냥 응석만 부리고 있을 수 없게 되었다. 나는 이제부터 세상과 싸워나가야 한다. 아아, 어머니처럼 다른 사람들과 싸우지 않고 미워하거나 원망하지 않으면서 아름답고 슬프게 생애를 마칠 수 있는 사람은, 이제 어머니를 마지막으로 세상에 존재하지 않게 되는 게 아닐까? 죽어가는 사람은 아름답다. 산다는 것, 살아남는다는 것. 그건 아주 추하고 피비린내 나는 더러운 것처럼 느껴진다. 나는 새끼를 배고 구덩이를 파는 뱀의 모습을 다다미 위에 그려 봤다. 하지만 내게는 포기할 수 없는 게 있다. 한심스러워도 좋다. 나는 살아남아 마음 먹은 것을 이루기 위해 세상과 싸워나갈 거다. 어머니가 결국 죽는다는 게 정해지자 나의 로맨티시즘과 감상은 차츰 사라져, 뭔가 내가 어디로 튈지 모르는 교활한 생물체로 변해가는 듯한 기분이 들었다.

그날 점심때가 지나 어머니 곁에서 입을 축어드리고 있는데 문 앞에 자동차가 와서 멈추었다. 와다 숙부가 숙모와 함께 도쿄에서 자동차로 달려오신 거다. 숙부가 병실에 들어와 어머니 머리맡에 말없이 앉자, 어머니는 손수건으로 얼굴 아래쪽을 반쯤 가리고 숙부 얼굴을 보며 울었다. 하지만 울상이 되었을 뿐, 눈물은 나오지 않았다. 인형 같은 느낌이었다.

"나오지는 어디 있니?"

잠시 후 어머니가 내 쪽을 보고 말했다.

나는 2층에 올라가 소파에 누워 신간 잡지를 보고 있는 나오지에게

"어머니가 불러."

하니 나오지는,

"와, 또 비극적 장면 연출인 거야? 당신들은 잘도 참으며 거기서 노력하고 있네. 신경이 둔해, 박정한 거야. 우린 너무나 괴롭고, 참 마음은 뜨거운데 몸은 나약해서 도저히 엄마 곁에 있을 기력이 없어."

라고 하면서 윗옷을 입고 나와 함께 2층에서 내려왔다.

둘이 나란히 어머니 머리맡에 앉자 어머니는 갑자기 이불 속에서 손을 내밀어 잠자코 나오지 쪽을 가리키고, 그다음 나를 가리킨 뒤, 숙부 쪽으로 얼굴을 돌리고서는 양 손바닥을 딱 마주쳤다.

숙부는 크게 고개를 끄덕이며,

"네, 알겠습니다. 알겠어요."

라고 하셨다.

어머니는 안심한 듯 눈을 가볍게 감고, 손을 이불 속으로 슬며시 넣었다.

나도 울고 나오지도 고개 숙인 채 오열했다.

거기에 미야케 선생님이 나가오카에서 오셔서 일단 주사를 놓았

다. 어머니는 숙부를 만나서 이제 미련이 없다고 생각했는지,

"선생님, 어서 편안하게 만들어 주세요."

라고 했다.

의사 선생님과 숙부는 서로 얼굴을 마주한 채 아무 말도 하지 않았다. 두 사람의 눈에 눈물이 반짝였다.

나는 일어나 식당에 가서 숙부가 좋아하는 유부 우동을 의사 선생님과 나오지, 숙모 것과 함께 4인분을 만들어 응접실에 가져갔다. 그리고는 숙부가 사 온 마루노우치 호텔의 샌드위치를 어머니께 보여 드리고 머리맡에 놓으니,

"바쁘지?"

하고 어머니가 작은 소리로 말했다.

응접실에서 모두가 잠시 잡담을 나눴다. 숙부와 숙모는 아무래도 일이 있어서 오늘 밤 도쿄에 돌아가야 한다며 내게 문병의 돈 꾸러미를 건넸다. 미야케 선생님도 간호사와 함께 돌아가게 되어 남아 있는 전담 간호사에게 여러 응급처치 방법을 알려 주었다. 어쨌든 아직 의식은 명료하고 심장 쪽도 그다지 약해지지 않았으니 주사만으로도 앞으로 사오일은 괜찮을 거라고 해서 그날은 일단 모두 자동차를 타고 도쿄로 물러갔다.

모두를 배웅하고 방으로 가니 어머니가 나에게만 짓는 다정한 웃음을 보이며,

"바빴지?"

하고 또다시 속삭이듯 작은 소리로 말했다. 그 얼굴은 생기가 넘쳐

오히려 빛나는 것처럼 보였다. 나는 어머니가 숙부를 만나 기뻤던 거라고 생각했다.

"아니요."

나도 약간 들뜬 기분이 되어 생긋 웃었다.

그리고 이게 어머니와의 마지막 대화였다.

그로부터 세 시간쯤 지나 어머니는 돌아가셨다. 가을의 고요한 해질 무렵, 간호사가 맥을 짚어 보고 나오지와 나, 단 둘뿐인 가족이 지켜보는 가운데 일본의 마지막 귀부인이었던 아름다운 어머니가 돌아가셨다.

얼굴은 거의 변하지 않았다. 아버지 때는 금방 얼굴빛이 변했지만 어머니 얼굴색은 조금도 변하지 않은 채 호흡만 멎었다. 그 호흡이 멈춘 것도 언제인지 확실히 알 수 없을 정도였다. 얼굴의 부기도 전날부터 가라앉기 시작해 뺨이 밀랍처럼 매끄러웠고, 얇은 입술은 살짝 일그러져 미소를 띠고 있는 듯 보여 생전의 어머니보다도 더 매혹적이었다. 나는 피에타의 마리아*와 비슷하다고 생각했다.

6

전투 개시.

언제까지나 슬픔에 잠겨 있을 수는 없었다. 나에게는 반드시 쟁취

---

* 피에타: 성모 마리아가 그리스도의 사체를 무릎에 끌어안고 울고 있는 모습을 그린 회화 또는 조각.

해야 할 게 있었다. 새로운 윤리. 아니, 그렇게 말하면 위선 같다. 사랑, 그것뿐이다. 로자가 새로운 경제학에 의지하지 않고는 살 수 없었던 것처럼, 나는 지금 사랑 하나에 매달리지 않으면 살아갈 수 없다. 예수가 이 세상의 종교가, 도덕가, 학자, 권위자의 위선을 파헤치고, 신의 진정한 애정이라는 걸 조금도 주저하지 않고 있는 그대로 사람들에게 전하기 위해 열두 제자를 각지에 파견할 때 제자들에게 들려주신 말씀은 내 경우와도 전혀 무관하지 않은 듯했다.

"오비* 안에 금이나 은, 돈을 넣지 말아라. 여행 가방도 두 장의 속옷도, 신발도 지팡이도 가지지 말아라. 보라. 내가 너희를 보내는 것은 양을 이리 무리 속에 넣는 것과 같다. 그러니 너희는 뱀같이 지혜롭고 비둘기같이 순수해져라. 사람들을 조심하거라. 우리가 너희를 공회에 넘기고 회당에서 채찍질하리라. 또 너희가 나로 인해 관리들과 왕들 앞에 끌려가리라. 그들이 너희를 그리 처리할 때 어떻게 무엇을 말할지 근심하지 말아라. 말해야 할 것은 그때 전하시니 말하는 이는 너희가 아니라 너희 속에서 말씀하시는 자, 너희 아버지의 성령이시니라. 또 너희가 내 이름으로 인해 모든 이에게서 미움을 받을 것이나 마지막까지 참아내는 자는 구원을 얻으리라. 이 동네에서 핍박받을 때는 저 동네로 피하라. 내가 진실로 너희에게 이르니 너희가 이스라엘의 동네를 다 돌기 전에 사람의 아이가 오리라.

몸은 죽여도 영혼은 죽이지 못하는 자들을 두려워하지 말아라. 몸

---

* 오비: 일본 기모노에서 허리에 두르는 띠.

과 영혼을 지옥에서 멸할 수 있는 자를 두려워하라. 내가 세상에 평화를 주러 왔다고 생각하지 말아라. 평화가 아니라 오히려 검을 던지러 왔노라. 내가 온 것은 사람을 그 아비로부터, 딸을 그 어미로부터, 며느리를 그 시어미로부터 떼내기 위함이다. 사람의 적은 자기 가족이다. 나보다도 아들, 또는 딸을 사랑하는 자는 내게 적당치 아니하고, 또 내 십자가를 지고 나를 따르지 않는 자도 내게 걸맞지 아니하니라. 생명을 얻는 자는 이를 잃을 것이요, 나를 위해 생명을 잃는 자는 이것을 얻을 것이다."

전투 개시.

만일 내가 사랑을 위해 예수의 이 가르침을 모두 그대로 반드시 지킬 것을 맹세한다면 예수님은 꾸짖으실까? 왜 '연애'는 나쁘고 '사랑'은 좋은 건지 난 모르겠다. 둘다 똑같다는 생각이 들 뿐이다. 뭔지 잘 모르는 연애 때문에, 사랑 때문에 그 슬픔 때문에 몸과 영혼을 게헤나*에서 멸할 수 있는 자. 아아, 나야말로 내가 그런 자라고 우겨대고 싶다.

숙부 내외의 도움으로 집안사람끼리 하는 약식 장례는 이즈에서 치르고 정식 장례는 도쿄에서 치뤘다. 그리고 다시 나오지와 나는 이즈의 산장에서 서로 얼굴을 마주 하며 말을 하지 않는, 이유를 알 수 없는 서먹한 생활을 했다. 나오지는 출판업 자본금이라며 어머니의 보석류를 전부 들고 나가, 도쿄에서 퍼마시다가 지치면 중환자처럼 창백한 낯빛으로 이즈 산장에 휘청 휘청 돌아와 잠이 들었다. 어떤 때

---

* 게헤나: 죄인이 영원히 멸하는 곳. 지옥.

는 젊은 댄서인가 싶은 사람을 데려 오기도 했다. 역시 나오지도 좀 겸연쩍어하는 것 같아서,

"오늘 나 도쿄에 가도 되겠니? 친구 집에 오랜만에 놀러 가고 싶어. 이삼일 묵고 올 테니 네가 집을 좀 지켜 줬으면 해. 식사는 저 분에게 부탁하면 될 거야."

하며 곧바로 나오지의 약점을 틈타, 말하자면 뱀처럼 지혜롭게, 가방에 화장품과 빵 등을 쑤셔놓고 아주 자연스럽게 그 사람을 만나러 도쿄에 갈 수 있었다.

도쿄 교외에 있는 오기쿠보 전철역의 북쪽 출구로 나가 20분 정도 걸으면 그가 전쟁 후 이사한 새 거처에 도착하게 된다. 이런 사실은 전에 나오지로부터 넌지시 들었다.

초겨울 찬바람이 강하게 불던 날이었다. 오기쿠보 역에 내렸을 무렵에는 이미 주위가 어두컴컴했다. 나는 지나가는 사람을 붙잡고 그가 사는 집의 번지를 대며 그 방향을 물어보았다. 그렇게 한 시간 가까이 어두운 교외의 골목길을 헤매는데 너무 불안해서 눈물이 나왔다. 그러는 사이에 자갈길의 돌부리에 걸려 넘어지면서 게다 끈이 툭 하고 끊어졌다. 어찌하면 좋을지 몰라 그 자리에 우두커니 서 있는데 문득 오른쪽에 있는 두 집 가운데 한 집의 문패가 어둠 속에서도 하얗게 어렴풋이나마 드러났다. 거기에 '우에하라'라고 쓰여 있는 듯한 느낌이 들어 한쪽 발은 버선만 신은 채 그 집 현관으로 달려가 다시 자세히 문패를 봤다. 확실히 '우에하라 지로'라고 적혀 있었지만 집 안은 어두웠다.

어쩌지 하며 또 잠시 그 자리에 우두커니 서 있다가 몸을 내던지는 심정으로 현관 격자문에 넘어질 듯 바싹 다가붙어서

"실례합니다."

하고 양손 손가락 끝으로 격자를 만지작거리며

"우에하라 씨."

하고 나직이 속삭여 보았다.

대답이 들렸다. 하지만 그건 여자 목소리였다.

현관문이 안에서 열리더니 갸름한 얼굴에 고전적 분위기가 나는, 나보다 서너 살 위인 듯한 여자가 현관 어둠 속에서 살짝 웃으며

"누구신지요?"

하고 물었다. 그 어조에는 어떤 악의도 경계심도 없었다.

"아니, 저…."

하지만 나는 내 이름을 말할 기회를 놓쳐 버렸다. 이 사람에게만은 내 사랑도 이상하게 떳떳하지 못하다고 생각되었다. 주저하다가 거의 비굴한 태도로 물었다.

"선생님은요? 안 계시나요?"

"네."

하고 대답하고는 불쌍하다는 듯이 내 얼굴을 보았다.

"하지만 가시는 곳은 대충…."

"먼가요?"

"아녜요."

하고 이상하다는 듯 한 손을 입에 갖다 대었다.

"오기쿠보예요. 역 앞의 시라이시라는 어묵 집에 가시면 대충 행선지를 아실 거예요."

나는 하늘로 날아오를 것같은 기분이 들었다.

"아, 그래요?"

"어머나, 신발이."

들어오라는 말에 나는 현관 안쪽으로 들어가 마루 끝에 앉았다. 부인한테서 임시 대용끈이라고 해야할까. 게다 끈이 끊어졌을 때 간편하게 수선할 수 있는 가죽끈을 받아 게다를 고쳤다. 그 사이에 부인은 촛불을 켜고 현관으로 가져오더니,

"마침 전구가 두 개나 나가버렸어요. 요즘 전구는 터무니없이 값이 비싸고 잘 나가서 못 써요. 남편이 있으면 사 오라고 할 텐데 어젯밤에도 그저께 밤에도 안 들어왔어요. 우린 이걸로 사흘 밤 무일푼인 상태라 일찍 잠자리에 든 거예요."

하고 원래 태평한 것처럼 웃으며 말했다. 부인 뒤에는 열두 열세 살의 눈이 크고 좀처럼 다른 사람을 따를 것 같지 않은 느낌의 깡마른 체구의 계집아이가 서 있다.

적! 나는 그렇게 생각하지 않지만, 이 부인과 아이는 언젠가 나를 적으로 여기고 미워할 게 틀림없다. 그리 생각하니 내 사랑도 한순간 식어버린 듯한 느낌이 들었다. 게다 끈을 갈아끼우고 일어나 두 손의 먼지를 탁탁 터는데 외로움이 맹렬하게 내 주변으로 밀려드는 느낌 때문에 견딜 수가 없었다. 방으로 뛰어올라와 캄캄한 어둠 속에서 부인의 손을 잡고 울어버릴까 생각했다. 나는 심하게 동요했지만, 문득

그런 후의, 속이 빤히 들여다 보이고 뭔가 형체를 알 수 없는 시시해진 자신 모습을 생각하니 그건 아니다 싶었다.

"감사합니다."

하고 지나칠 정도로 공손하게 인사를 한 뒤 밖으로 나와 초겨울 찬바람을 맞았다. 전투 개시, 사랑한다, 좋아한다, 사모한다, 정말 사랑한다, 정말 좋아한다, 정말 사모한다, 그리우니까 어쩔 수 없다, 좋아하니까 어쩔 수 없다, 사모하니까 어쩔 수 없다, 그 부인은 확실히 흔치 않은 좋은 분이고 딸도 예쁘다. 하지만 나는 하느님의 심판대에 세워지더라도 스스로를 조금도 부끄러워하지 않을 거다. 인간은 사랑과 혁명을 위해 태어난 거다. 하느님도 벌주실 리가 없다. 난 털끝만큼도 나쁘지 않다. 정말로 좋아하니까 거리낌없이 행동하는 거다. 그 사람을 한 번 만날 때까지 이틀 밤이고 사흘밤이고 길바닥에서 자더라도 반드시.

역 앞의 시라이시라는 어묵집은 곧바로 찾았다. 하지만 그분은 안 계셨다.

"아사가야에 있을 거예요. 틀림없이. 아사가야 역의 북쪽 출구에서 곧바로 나가서 글쎄요, 150미터쯤 되려나, 철물점이 있는데 거기서 오른쪽으로 들어가 50미터쯤 되는 곳에 야나기야라는 작은 요릿집이 있어요. 선생님은 요즈음 야나기야의 오스테 씨랑 아주 뜨거운 사이여서 그곳에 틀어박혀 있죠. 어쩔 수가 없어요."

역에 가서 표를 사고 도쿄행 전철을 탔다. 아사가야에서 내려 북쪽 출구에서 약 150미터, 철물점에서 오른쪽으로 돌아 50미터쯤 갔다.

야나기야는 조용했다.

"방금 나가셨는데, 여럿이 이제부터 니시오기의 치도리*에 가서 밤새며 마신다고 했어요."

나보다 어리고 침착하며 고상하고 친절해 보이는 이 여자가 그 오스테 씨인가? 그 사람과 아주 뜨겁다는?

"치도리? 니시오기 어디쯤이죠?"

불안한 마음에 눈물이 나올 것 같았다. 문득 내가 지금 미친 게 아닐까 하고 생각했다.

"잘은 모르겠지만 니시오기 역에서 내려 남쪽 출구에서 왼쪽으로 들어간 곳이라고 했던가, 어쨌든 파출소에 물어보면 알 수 있지 않을까요? 어차피 한 집으로는 만족 못하는 사람이라 치도리 가기 전에 또 어딘가에서 한 잔 걸치고 있을지도 몰라요."

"치도리로 가볼게요. 안녕히 계세요."

다시 거꾸로 돌아갔다. 아사가야에서 다치카와행 전철을 타고, 오기쿠보, 니시오기쿠보, 역의 남쪽 출구로 나와서 찬바람을 맞으며 헤매다 파출소를 찾아가 치도리 방향을 물었다. 그리고 가르쳐준 대로 밤길을 달리듯 걸어 치도리의 파란 등롱을 발견하고는 망설이지 않고 격자문을 열었다.

봉당이 있었고, 바로 앞에 세 평 크기의 방이 있었다. 방은 담배 연기로 자욱했다. 열 명 정도의 사람들이 방에서 커다란 탁자를 둘러싸

---

* 치도리(千鳥): 물떼새. 선술집 체인점

고 왁자지껄 떠들며 술판을 벌이고 있었다. 나보다 어려 보이는 아가씨도 셋이 섞여 담배를 피우며 술을 마시고 있었다.

나는 봉당에 서서 둘러보고 찾아냈다. 그리고 왠지 꿈을 꾸는 듯한 기분이 되었다. 그가 아니다. 6년. 완전히 다른 사람이 되어 있었던 거다.

이 사람이 내 무지개, M·C, 내 삶의 보람인 그 사람인가? 6년. 헝클어진 머리는 옛날 그대로였지만 애처로우리만큼 갈색으로 바래었고 숱도 줄어 있었다. 얼굴은 누렇게 뜬 데다 눈가는 벌겋게 짓물렀고 앞니가 빠져 끊임없이 입을 우물거렸다. 한 마리의 늙은 원숭이가 등을 구부리고 방 한쪽 구석에 앉아 있는 듯한 느낌이었다.

아가씨 하나가 나를 발견하고는 눈짓으로 우에하라 씨에게 내가 온 것을 알렸다. 그 사람은 앉은 채로 가늘고 긴 목을 빼서 내 쪽을 보더니, 아무런 표정도 없이 턱짓으로 들어오라는 신호를 했다. 주변은 내게 아무런 관심도 없다는 듯 왁자지껄 계속 떠들어대면서도 조금씩 자리를 좁혀 우에하라 씨의 바로 오른쪽 옆에 내 자리를 만들어 주었다.

나는 잠자코 앉았다. 우에하라 씨는 내 컵에 술을 가득 따라준 뒤 자신의 컵에도 술을 따라 채우고는,

"건배."

하고 쉰 목소리로 나직이 말했다.

두 개의 컵이 힘없이 부딪쳐 쨍하는 슬픈 소리를 냈다.

기요틴*, 기요틴, 슈슈슉 하고 누가 말하자, 그에 응답해 또 한 사람이 기요틴, 기요틴, 슈슈슉 하면서 쨍 하고 세게 컵을 부딪치고는 쭉 들이켰다. 기요틴, 기요틴, 슈슈슉, 기요틴, 기요틴, 슈슈슉 하며 여기저기서 그 엉터리 같은 노래가 흘러 나왔고 기세 좋게 잔을 부딪치며 건배를 했다. 그런 장난스러운 리듬으로 흥을 돋우며 억지로 술을 목구멍으로 흘려 넣고 있는 듯했다.

"그럼, 이만 실례."

하고 비틀거리며 돌아가는 사람이 있나 하면, 또 새로운 손님이 슬쩍 들어와 우에하라 씨와 가볍게 목례만 하고는 좌중에 끼어들기도 했다.

"우에하라 씨, 거기 말입니다. 우에하라 씨, 거기요. 아아아 하는 부분 말이에요. 그건 어떤 식으로 말해야 좋을까요? 아, 아, 아입니까? 아아, 아입니까?"

하고 몸을 쑥 내밀며 묻는 사람은 분명 나도 무대 얼굴을 기억하는 신극 배우 후지타이다.

"아아, 아라구. 아아, 아. 치도리의 술값은 싸지 않아요, 하는 식이지."

라는 우에하라 씨.

"맨날 돈 얘기만."

라는 아가씨.

---

* 기요틴. 단두대.

"참새구이 두 마리에 1전이면 그건 비싼 건가요? 싼 건가요?"

라는 젊은 신사.

"한 푼도 남김없이 갚아야 한다는 말도 있고, 어떤 이에게는 5달란트, 어떤 이에게는 2달란트, 어떤 이에게는 1달란트 하는 식으로 굉장히 까다로운 비유도 있는 걸 보면 그리스도도 계산은 아주 빈틈 없었다니까."

라는 또 다른 신사.

"게다가 그 녀석은 술꾼이었어. 묘하게 성경에는 술 비유가 많다고 생각했는데, 아니나다를까 '보아라. 술을 즐기는 자여' 라며 비난받았다고 성경에 기록되어 있더군. 술을 마시는 자가 아니라 술을 즐기는 자라고 했으니 상당한 술꾼이었음에 틀림없어. 그러니까 됫박으로 마셨을까?"

라는 또 한 사람의 신사.

"관둬. 관두라고. 아아, 아. 너희들은 도덕이 두려워서 예수를 안줏거리로 삼으려는 거야. 치에짱, 마시자. 기요틴, 기요틴, 슈슈슉."

하며 우에하라 씨는 가장 어리고 아름다운 아가씨와 쨍하고 컵을 세게 부딪치고는 쭉 들이켰다. 술이 입가로 흘러내려 턱이 젖자 귀찮은 듯 거칠게 손바닥으로 훔치고는, 큰 재채기를 대여섯 번 연달아서 했다.

나는 슬쩍 일어나 옆방으로 가서 환자처럼 창백하게 야윈 주인아주머니에게 화장실이 어딘지 물었다. 화장실에서 돌아오는 길에 그 방을 지나는데, 아까 그 가장 예쁘고 어린 치에짱이라는 아가씨가 나

를 기다리고 있었다는 듯 서서,

"배 고프지 않으세요?"

하고 친근하게 웃으며 물었다.

"네, 그런데 전 빵을 가져와서."

"별 것 없지만."

하고 환자 같은 주인아주머니는 나른한 듯 비스듬히 앉더니 화로에 기댄 채 말했다.

"이 방에서 식사하세요. 저런 주정뱅이들을 상대하다가는 밤새 아무것도 못 먹어요. 앉아요. 여기에. 치에코도 함께."

"어이, 기누짱, 술이 없어!"

하고 옆방에서 신사가 소리쳤다.

"네, 네."

하고 답하며 그 기누짱이라는 서른 전후의, 세련된 줄무늬 기모노를 입은 여종업원이 술을 쟁반에 열 병 정도 담은 채 주방에서 나타났다.

"잠깐!"

주인아주머니가 불러 세우더니,

"여기도 두 병."

하고 웃으면서 말한다.

"그리고 기누짱, 미안하지만 뒷집 스즈야 씨네 가서 우동 두 그릇 빨리 좀 해달라고 해."

나와 치에짱은 화롯가에 나란히 앉아 손을 쬐고 있었다.

"이불을 깔고 앉아요. 추워졌네요. 한 잔 안 마실래요?"

주인아주머니는 자신의 찻잔에 술을 따르더니, 이어 다른 두 찻잔에도 술을 따랐다.

그리고 우리 셋은 말없이 술을 마셨다.

"모두 술이 세네요."

주인아주머니는 왠지 침울한 어조로 말했다.

드르륵 바깥문이 열리는 소리가 나더니,

"선생님, 가져 왔습니다."

하는 젊은 남자 목소리가 들렸다.

"하여간 우리 사장님은 야무지다니까요. 2만 엔을 달래는 거였는데, 겨우 만 엔이에요."

"수표인가?"

라고 하는 우에하라 씨의 쉰 목소리.

"아뇨, 현금이에요. 죄송합니다."

"뭐, 됐어. 영수증을 써 주지."

기요틴, 기요틴, 슈슈슉 하는 건배 노래가 그 사이에도 좌중에서 끊임없이 흘러나오고 있었다.

"나오지 씨는?"

하고 주인아주머니가 진지한 표정으로 치에짱에게 물었다. 나는 가슴이 철렁했다.

"몰라요, 제가 나오지 씨를 지키는 사람도 아니고."

라며 치에짱은 당황하여 애처로울 정도로 얼굴을 붉혔다.

"요즈음 뭔가 우에하라 씨랑 안 좋은 일이라도 있었던 거 아니야? 늘 꼭 붙어 다녔는데,"

주인아주머니가 차분하게 말했다.

"댄스가 좋아졌대요, 댄서 애인이라도 생겼나 봐요."

"나오지 씨는 술에다 또 여자까지, 어쩌면 좋아."

"선생님한테 배운 거죠."

"하지만 나오지 씨가 더 나빠요. 그런 몰락한 도련님은…."

"저기."

나는 미소지으며 끼어들었다. 말없이 있다가는 오히려 이 두 사람에게 실례가 될 것 같다고 생각한 것이다.

"저는 나오지 누나예요."

주인아주머니가 깜짝 놀란 듯 내 얼굴을 다시 쳐다 봤지만 치에짱은 태연했다.

"얼굴이 정말 많이 닮았군요. 아까 어두운 봉당에 서 계시는 걸 보고 전 깜짝 놀랐어요. 나오지 씨인가 해서."

"그래요?"

하고 주인아주머니는 말투를 바꾸었다.

"이런 누추한 곳에 오시다니, 그런데 저 우에하라 씨와는 전부터"

"네, 6년 전에 뵙고…."

말이 막혀 고개를 숙이는데 눈물이 날 것 같았다.

"많이 기다리셨죠?"

여종업원이 우동을 가져왔다.

"드세요. 식기 전에."

주인아주머니가 권했다.

"잘 먹겠습니다."

뜨거운 김에 얼굴을 파묻고 후루룩후루룩 우동을 먹으면서 나는 지금이야말로 삶의 쓸쓸함, 그 극치를 맛보고 있는 듯한 느낌이 들었다.

기요틴, 기요틴, 슈슈슉, 기요틴, 기요틴, 슈슈슉 하고 낮게 읊조리며 우에하라 씨가 우리 방에 들어와 내 옆에 털썩 책상다리하고 앉더니 말없이 주인 아주머니께 커다란 봉투를 건넸다.

"이걸로 나머지를 어물쩍 넘기면 안 돼요."

주인아주머니는 봉투 속을 보지도 않고 서랍 속에 집어넣고는 웃으며 말했다.

"가져올게. 나머지 돈은 내년이야."

"저런 식이라니까."

만 엔. 그 돈만 있으면 전구를 몇 개 살 수 있을 텐데. 나도 그 돈만 있으면 일 년정도는 살 수 있다.

아아, 뭔가 이 사람들은 잘못되어 있다. 그러나 이 사람들도 내가 사랑을 하는 경우와 마찬가지로 이렇게라도 하지 않으면 살아갈 수 없을지도 모른다. 사람이 이 세상에 태어난 이상 어떻게든 끝까지 살아야만 한다면 이 사람들의 삶의 방식을 미워해선 안 될 거다. 살아 있다는 것, 살아 있다는 것, 아아, 이 얼마나 참기 힘들고 숨 막히는 대사업인가.

"하여튼."

하며 옆 방의 신사가 말했다.

"앞으로 도쿄에서 생활하려면 안녕들 하쇼라는 경박하기 짝이 없는 인사를 태연히하지 못하면 정말 곤란해. 지금의 우리에게 중후함이나 성실함 따위의 미덕을 요구하는 건 목매단 사람의 다리를 잡아당기는 것과 같은 거야. 중후? 성실? 흥, 쳇, 홋이다. 그것만으로는 살아갈 수가 없잖은가. 만약에 '안녕들 하쇼'를 가볍게 말할 수 없다면 앞으로의 길은 세 가지밖에 없네. 하나는 귀농, 또 하나는 자살, 나머지 하나는 기둥서방이지."

"그 중 하나도 못하겠다는 불쌍한 녀석에게는 하다못해 최우의 유일한 수단이…"

하고 다른 신사가 말했다.

"우에하라 지로에게 들러붙어서 술 퍼마시기."

기요틴 기요틴 슈슈슉, 기요틴 기요틴 슈슈슉.

"잘 데가 없겠지?"

우에하라 씨가 나지막한 목소리로 혼잣말처럼 말했다.

"저요?"

나는 나에게 머리를 쳐든 뱀을 의식했다. 적의에 가까운 심정으로 나는 내 몸을 바짝 긴장시켰다.

"뒤섞여 잘 수 있겠어? 추운데."

우에하라 씨는 나의 분노에 개의치 않ㄱ 중얼거렸다.

"무리겠지요."

하며 주인아주머니가 참견했다.

"불쌍해요."

쳇 하고 우에하라 씨가 혀를 찼다.

"그럼 이런 데 오질 말았어야지."

나는 잠자코 있었다. 이 사람은 분명 내 편지를 읽었다. 그리고 누구보다도 나를 사랑하고 있다는 사실을 나는 그의 말투에서 재빨리 알아챘다.

"할 수 없군. 후쿠이 씨한테라도 잠자리를 부탁해 볼까? 치에짱, 데려다 주지 않을래? 아니, 여자들만 가면 도중에 위험할까?. 성가시게 됐군. 임자, 이 사람 신발을 몰래 부엌 쪽에 가져다 놓게. 내가 바래다 주고 올 테니."

밖은 한밤중이었다. 바람이 어느 정도 잠잠해졌고 하늘에는 별이 가득 빛나고 있었다. 우리는 나란히 걸었다.

"저, 뒤섞여 자는 거든 뭐든 할 수 있는데."

우에하라 씨는 졸린 듯한 목소리로

"응."

할 뿐이었다.

"둘만 있고 싶었던 거죠? 그렇죠?"

내가 그렇게 말하고 웃자 우에하라 씨는

"이래서 싫다니깐."

하고 입을 일그러뜨리며 쓴웃음을 지었다. 나는 내가 무척 사랑받고 있다는 사실을 몸에 사무치도록 느꼈다.

"꽤 술을 드시더군요. 밤마다 드시나요?"

"그래, 매일. 아침부터."

"술이 맛있어요?"

"맛없어."

그렇게 말하는 우에하라 씨의 목소리에 나는 왠지 오싹해졌다.

"하시는 일은요?"

"잘 안돼. 뭘 써도 형편없고, 그냥 슬퍼서 못 견디겠어. 생명의 황혼, 예술의 황혼, 인류의 황혼. 그것도 비위에 거슬리는군."

"위트릴로*."

나는 거의 무의식적으로 그렇게 말했다.

"아아, 위트릴로. 아직 살아 있는 모양이더군. 알코올의 망령, 시체지. 최근 십년 간 그 녀석의 그림은 이상하게 저속해져서 다 엉망이야."

"위트릴로만이 아니죠? 다른 대가들도 전부⋯."

"그래, 쇠약해졌지. 하지만 새로 난 싹들도 새싹인 채로 시들어 있어. 서리, frost, 온 세상에 때아닌 서리가 내린 것 같아."

우에하라 씨가 내 어깨를 가볍게 끌어안아서 내 몸은 우에하라 씨의 외투 소매에 푹 싸인 듯한 모양새가 되었지만 난 거부하지 않고 오히려 더 바짝 달라붙어서 천천히 걸었다.

길가 나뭇가지. 이파리 하나 붙어 있지 않은 가지가 가늘고 뾰족하게 밤하늘을 찌르고 있었다.

"나뭇가지가 참 아름다워요."

---

* 위트릴로(1883-1955): 프랑스 화가. 흰색을 주로 사용해서 교외 풍경 등을 그렸다.

하고 나도 모르게 혼잣말처럼 중얼거리니,

"응, 꽃과 새까만 가지의 조화가 말이지."

하고 좀 당황한 듯 대답했다.

"아뇨, 저는 꽃도 잎도 새싹도 아무것도 달리지 않은 이런 가지가 좋아요. 이래 봬도 어엿하게 살아 있잖아요. 시든 가지와는 달라요."

"자연만이 쇠약해지지 않는 건가."

그렇게 말하고는 다시 심하게 재채기를 몇 번이나 계속했다.

"감기 아니에요?"

"아니, 아니, 그게 아니야. 실은 이건 내 기묘한 버릇같은 건데, 술의 취기가 포화 상태에 이르면 갑자기 이런 식으로 재채기가 나와. 취기의 척도 같은 거지."

"연애는요?"

"응?"

"어떤 분이 있으신가요? 포화점 가까이 진행되고 있는 분이."

"뭐야 놀리지 마. 여잔 다 똑같아. 까다로워서 안 돼. 기요틴, 기요틴, 슈슈슉, 실은 한 명, 아니 반 명 정도 있지."

"제 편지 보셨나요?"

"봤지."

"답장은요?"

"난 귀족이 싫어. 아무래도 어딘가에 역겨운 오만함이 있거든. 당신 동생 나오지도 귀족치고는 훌륭한 남자지만 이따금 불쑥 도저히 같이 있기 힘든 건방진 태도를 보였어. 난 시골 농부의 아들이라서 이런 개울가를 지날 때면 어릴 적 고향 냇가에서 붕어를 낚던 일이나 송사리를 잡던 일이 늘 떠올라 견딜 수가 없어."

우린 어둠의 밑바닥에서 희미하게 소리를 내며 흐르는 개울을 따라 걸었다.

"하지만 당신네 귀족들은 그런 우리의 감상을 절대로 이해할 수 없을 뿐만 아니라 경멸하지."

"투르게네프*는요?"

"그놈은 귀족이었어. 그래서 싫어."

"하지만 『사냥꾼 일기』…."

"응. 그거 하나는 좀 괜찮지."

"그건 농촌 생활의 감상…."

"그 녀석은 시골 귀족이라는 것에 타협을 할까?"

"저도 지금은 시골 사람이에요. 밭을 갈고 있어요. 시골 가난뱅이."

"지금도 날 좋아하나?"

거친 말투였다.

"내 아이를 갖고 싶나?"

나는 대답하지 않았다.

바위가 떨어져 내릴 듯한 기세로 그 사람의 얼굴이 다가와 막무가내로 내게 키스했다. 성욕 냄새가 나는 키스였다. 나는 그걸 받아들이

---

* 투르게네프(1818-1883): 귀족 출신의 러시아 작가. 『사냥꾼 일기』는 25편의 단편으로 구성. 농노제에 대한 통렬한 풍자가 담김.

며 눈물을 흘렸다. 굴욕적인 분노의 눈물 같은 쓸쓸한 눈물이었다. 눈물이 하염없이 흘러나왔다.

다시 둘이서 나란히 걷다가

"실수야. 반해버렸어."

라고 하며 그 사람은 웃었다.

하지만 나는 웃을 수 없었다. 눈썹을 찌푸리며 입술을 오므렸다.

어쩔 수 없다.

말로 표현하자면 그런 느낌의 것이었다. 나는 자신이 게다를 질질 끌면서 거칠게 걸어가고 있다는 것을 깨달았다.

"실수야."

하고 그 남자가 다시 말했다.

"갈 데까지 가 볼까?"

"거슬려요."

"이 녀석"

우에하라 씨는 내 어깨를 주먹으로 툭 치더니 다시 크게 재채기를 했다.

후쿠이 씨라는 분의 댁에서는 이미 모두 잠자리에 든 모양이었다.

"전보, 전보! 후쿠이 씨, 전보입니다!"

하고 큰 목소리로 외치며 우에하라 씨가 현관문을 두드렸다.

"우에하라인가?"

집 안에서 남자 목소리가 들렸다.

"그래, 프린스와 프린세스가 하룻밤 숙소를 부탁하러 왔네. 아무래도 이렇게 추우면 재채기만 나서 모처럼 벌인 사랑의 도피행각도 코미디가 되어버리겠어."

현관문이 안에서 열렸다. 이미 오십은 꽤 넘은, 머리가 벗겨지고 몸집이 작은 아저씨가 화려한 파자마를 입고 묘하게 수줍어하는 미소로 우리를 맞이했다.

"부탁하네."

라고 한마디 하면서 우에하라 씨는 망토도 벗지 않고 집 안으로 성큼성큼 들어갔다.

"화실은 추워서 안 되겠어. 2층을 빌릴게. 이리 와."

내 손을 잡고 복도를 지나 끝에 있는 계단을 오르더니 어두운 방으로 들어가 구석에 있는 스위치를 켰다.

"요릿집 방 같군요."

"응, 벼락부자 취향이지. 하지만 저런 엉터리 그림쟁이에게는 과분해. 악운이 세서 재난마저 피해간 거야. 그러니 이용하지 않을 수 없지. 자, 자자, 자자."

자기 집처럼 멋대로 벽장을 열더니 이불을 꺼내 깔았다.

"여기에서 자. 나는 돌아갈 거야. 내일 아침에 데리러 올게. 변소는 계단을 내려가서 바로 오른쪽에 있어."

우당탕탕, 계단에서 굴러떨어지듯 요란하게 내려가더니 그것뿐, 다시 쥐 죽은 듯 조용해졌다.

나는 다시 스위치를 돌려 전등을 끄고 아버지가 외국에서 사다 주신 옷감으로 만든 벨벳 코트를 벗었다. 그리고 오비만 풀고 기모노는 입은 채 잠자리에 들었다. 피곤한 데다가 술을 마신 탓인지 몸이 나른하여 곧바로 꾸벅꾸벅 졸았다.

어느 틈엔가 그 사람이 내 옆에 누워 있었고…, 나는 한 시간 가까이 필사적으로 무언의 저항을 했다.

문득 가여워져서 포기했다.

"이렇게 하지 않으면 안심을 못 하는 거죠?"

"뭐 그렇다고 할 수 있지."

"당신, 몸이 안 좋은 거 아니에요? 각혈하셨죠?"

"어떻게 알지? 실은 얼마 전에 꽤 심하게 각혈을 했는데, 아무한테도 알리지 않았어."

"어머니가 돌아가시기 전이랑 똑같은 냄새가 나는걸요."

"죽을 작정으로 마시고 있지. 살아 있다는 게 슬퍼서 견딜 수가 없어. 쓸쓸하거나 외롭거나 하는 그런 여유로운 감정이 아니라 그냥 슬퍼. 음침한 탄식의 한숨이 사방의 벽에서 들려올 때 나만의 행복 따위 있을리 없잖아. 자신의 행복과 영광이 살아 있는 동안에 결코 없다는 사실을 알았을 때 사람은 어떤 기분이 들까? 노력? 그런 건 단지 굶주린 야수의 먹이가 될 뿐이야. 비참한 사람이 너무 많아. 듣기 거북한가?"

"아뇨."

"연애뿐이지. 자네가 편지에서 한 말처럼."

"그래요."

나의 그 연애는 사라지고 없었다.

날이 밝아왔다.

방 안이 희미하게 밝아졌다. 나는 곁에서 잠든 그 사람의 얼굴을 지그시 바라보았다. 머지않아 죽을 사람 같은 얼굴을 하고 있었다. 많이 지친 얼굴이었다.

　희생자의 얼굴. 고귀한 희생자.

　내 사람. 내 무지개. 마이 차일드, 미운 사람, 뻔뻔한 사람.

　이 세상에 다시 없을 만큼 너무너무 아름다운 얼굴처럼 여겨져, 사랑이 새롭게 되살아난 듯이 가슴이 두근거렸다. 그 사람의 머리를 쓰다듬으며 내 쪽에서 키스했다.

　슬프디슬픈 사랑의 성취.

　우에하라 씨는 눈을 감으면서 나를 안고 말했다.

　"내가 좀 삐딱했지. 난 농부의 자식이니까."

　이제는 이 사람한테서 떠나지 말아야지.

　"전 지금 행복해요. 사방의 벽에서 탄식 소리가 들려와도 지금 저의 행복감은 포화상태예요. 재채기가 날 정도로 행복해요."

　우에하라 씨는 후후하고 웃었다.

　"하지만 이미 늦었어. 해질 무렵이야."

　"아침이에요."

　동생 나오지는 그날 아침에 자살했다.

7

나오지의 유서

누나

이제 안 되겠어요. 먼저 갈게요.

나는 내가 왜 살아 있어야 하는지 그걸 전혀 모르겠습니다.

살고 싶은 사람만 살면 됩니다.

사람에게는 살 권리가 있는 것과 마찬가지로 죽을 권리도 있는 겁니다.

나의 이런 생각은 전혀 새로운 것도 그 무엇도 아니에요. 이런 당연한 그야말로 근본적인 것을 사람들은 이상하게 두려워해서 분명하게 입에 담지 않을 뿐입니다.

살고 싶은 사람은 무슨 짓을 해서든 반드시 강하게 살아남아야 합니다. 그것은 훌륭한 일로 인간의 영예로운 관이라 할 만한 것도 필시 그 언저리에서 있을 수 있는 것일 테지만, 그렇다고 죽는다는 것도 죄는 아니라고 생각해요.

나는, 나라는 풀은 이 세상의 공기와 햇빛 속에서 살기 어렵습니다. 살아가는데 어딘가 하나가 결핍되어 있어요. 부족한 겁니다. 지금까지 살아온 것도 벅찬 일이었습니다.

나는 고등학교에 들어가 내가 자라온 계급과는 전혀 다른 계급에서 자라온 강하고 씩씩한 잡초 같은 친구들과 처음 사귀게 되었고, 그 기세에 떠밀렸기에 지지 않으려고 마약을 복용하며 반미치광이가 되어 저항했어요. 그리고 군에 들어가 역시 거기서도 살아갈 마지막 수단으로 아편을 복용했습니다. 누나는 나의 이런 기분을 모르겠지요.

나는 비천해지고 싶었습니다. 강하게, 아니 흉포해지고 싶었습니다. 그리고 그것이 이른바 민중의 친구가 될 수 있는 유일한 길이라고 생각했던 겁니다. 술 정도로는 도저히 안 되었어요. 언제나 어질어질 현기증이 나야 했습니다. 그러기 위해서는 마약밖에 없었던 거예요. 나는 집을 잊어야 한다고, 아버지의 피에 반항해야 한다고, 어머니의 다정함을 거부해야 한다고, 누나에게 차갑게 대해야 한다고, 그러지 않으면 저 민중의 방에 들어갈 입장권을 얻을 수 없다고 생각한 거예요.

저는 천박해졌습니다. 천박한 말을 쓰게 되었습니다. 그러나 그 절반은 아니 60%는 애처로운 임시방편이었어요. 서툰 잔꾀였습니다. 민중에게 나는 역시 아니꼽고 새침 떠는 거북한 남자였습니다. 그들은 나와 진심으로 허물없이 놀아주지 않아요. 하지만 또 이제와 내가 버렸던 살롱으로 돌아갈 수도 없습니다. 지금 내 천박함이 설령 60%는 인위적인 임시방편이라 하더라도 나머지 40%는 진짜 천박함이 되어 있었던 거예요. 나는 그 소위 상류 살롱의 악취 나는 고상함에는 구역질이 날 것 같아서 한시도 견딜 수 없게 되어버렸습니다. 또 그 지체 높으신 분들이나 명사라 칭해지는 분들도 내 바르지 못한 예의범절에 질려 곧 내쫓을 거예요. 내가 버린 세계로는 다시 돌아갈 수 없고 민중은 악의에 찬 빈정거림으로 정중히 방청석을 내이줄 뿐입니다.

어느 세상에서든 나처럼 이른바 생활력 없고 결함 있는 풀은 사상도 뭣도 없이 그저 저절로 소멸될 운명인 건지도 모르겠어요. 그러나 내게도 조금은 할 말이 있습니다. 아무래도 저는 살기 힘든 이유가 있었다고 느끼고 있습니다.

인간은 모두 똑같은 법이다.

이것은 도대체 사상인 걸까요? 난 이런 이상한 말을 발명한 사람은 종교가도 철학자도 예술가도 아니라고 생각합니다. 민중의 술집에서 생겨난 말이에요. 구더기가 끓듯이 어느새 누가 그 말을 내뱉었다고 할 것도 없이 부글부글 끓어올라 온 세계를 뒤덮고 세상을 어색한 것으로 만들어버렸습니다.

이 괴이한 말은 민주주의와도 또 마르크스주의와도 전혀 무관합니다. 그것은 분명 술집에서 못생긴 남자가 잘생긴 남자에게 내뱉은 말이에요. 단순한 짜증입니다. 질투예요. 사상이고 뭐고 있을 리 없습니다.

하지만 그 술집에서의 질투 어린 분노의 소리가 이상하게 사상과 같은 표정으로 민중 사이를 행진하고, 민주주의나 마르크스주의와는 전혀 무관한 말인데도 어느샌가 그 정치사상이나 경제사상에 엉겨 붙어 기묘하게 야비한 형국이 되고 말았어요. 메피스토*라도 이런 터무니 없는 방언을 사상과 바꿔치기하는 곡예 따위는 역시 양심에 찔려 주저했을지 모릅니다.

인간은 모두 똑같은 법이다.

이 얼마나 비굴한 말일까요? 남을 업신여김과 동시에 자신도 무시

---

* 메피스토: 괴테의 희곡 『파우스트』에 나오는 악마.

하고 아무런 프라이드도 없고 모든 노력을 포기하게 하는 말. 마르크스주의는 일하는 자의 우위를 주장합니다. 똑같다고 하지 않아요. 민주주의는 개인의 존엄을 주장합니다. 똑같다고 하지 않습니다. 그저 길에서 창녀촌 호객꾼들만 그렇게 말하지요. "헤헤헤, 아무리 잘난 척한들 다 같은 인간이잖아?"

왜 똑같다고 할까요? 남보다 뛰어나다고 할 수는 없나요? 노예근성의 복수.

하지만 이 말은 실로 외설적이고 어쩐지 으스스하게 합니다. 사람들은 서로를 두려워하고 온갖 사상이 능욕당하고, 노력은 조소당하고 행복은 부정되고 미모는 더럽혀지고 영광은 끌어 내려집니다. 나는 소위 '세기의 불안'이 이 괴이한 한마디 말에서 시작된 것이라고 생각해요.

싫은 말이라고 생각하면서도 나 역시 이 말에 협박당하고, 두려움에 떨고, 뭘 하려 해도 쑥스럽고, 끊임없이 불안하고, 가슴이 두근거려 몸 둘 바를 모릅니다. 차라리 술이나 마약의 현기증에 의존해 잠시나마 안정을 얻고 싶었고, 그런 식으로 엉망진창이 되고 말았습니다.

약한 거겠지요. 어딘가 하나 중대한 결함이 있는 풀이어서겠지요. 또한, 뭔가 그럴싸한 핑계를 늘어놓더라도, 뭐라고? 원래 노는 걸 좋아했던 녀석이야, 게으름뱅이에, 색골에, 방자한 탕아라고 그 길가의 호객꾼이 비웃으며 말할지도 모릅니다. 나는 그린 말을 들어도 지금까지 그저 부끄러워 애매한 수긍을 했지만, 죽음을 앞에 두고 한마디 항의 비슷한 말을 하고 싶어요.

누나

믿어 주세요.

나는 놀아도 전혀 즐겁지 않았습니다. 쾌락 불감증인지도 몰라요. 나는 다만 귀족이라는 자신의 그림자에서 벗어나고 싶어서 몰두하고 놀며 날뛰고 있었습니다.

누나.

도대체 우리에게 죄가 있는 걸까요? 귀족으로 태어난 게 우리의 죄일까요? 단지 그 집에 태어났다는 것만으로 우린 영원히, 예컨대 유다의 가족처럼, 죄송스러워하고 사죄하고 부끄러워하며 살아야 해요.

나는 더 빨리 죽었어야 합니다. 하지만 단 하나, 어머니의 애정, 그걸 생각하면 죽을 수 없었어요. 인간은 자유롭게 살 권리를 가진 것과 마찬가지로 언제라도 마음대로 죽을 수 있는 권리도 가졌지만 '어머니'가 살아 있는 동안은 그 죽을 권리가 유보되어야 한다고 생각했습니다. 그건 '어머니'까지 동시에 죽이고 마는 일이 되니까요.

이제 더는 내가 죽더라도 몸이 상할 만큼 괴로워할 사람도 없습니다. 아니, 누나, 나는 알고 있어요. 나를 잃은 당신들의 슬픔이 어느 정도일지. 아니요, 허식의 감상은 그만둘게요. 당신들은 내가 죽은 것을 알면 필시 우실 겁니다. 그러나 살아 있는 고통과 그 진저리 나는 삶에서 완전히 해방된 내 기쁨을 생각해 본다면 당신들의 그 슬픔은 점차 사라질 거예요.

나의 자살을 비난하며 끝까지 살아야 했다고, 내게 아무런 도움도 주지 않으면서 입으로만 떠들며 의기양양하게 비판하는 사람은 폐하께 과일 가게를 해 보시라고 태연히 권할 수 있을 만큼의 대단한 위인임이 틀림없습니다.

누나.

나는 죽는 게 나아요. 내겐 소위 생활능력이 없습니다. 돈 문제로 다른 사람과 다툴 힘이 없어요. 난 남에게 빌붙는 것조차 못합니다. 우에하라 씨와 놀더라도 내 몫의 계산은 늘 내가 했습니다. 우에하라 씨는 그것을 귀족의 쩨쩨한 프라이드라며 아주 싫어했지요. 그러나 난 프라이드 때문에 돈을 지불한 게 아니고 우에하라 씨가 일해서 번 돈으로 내가 같잖게 먹고 마시고 여자를 끌어안는 게 두려워서 도저히 그럴 수 없었던 겁니다. 우에하라 씨의 일을 존경해서라고 간단히 말한들 그 또한 거짓말이겠죠. 실은 나도 확실히 모르겠어요. 다만 남들한테서 얻어먹는 것이 불안하고 두렵습니다. 더군다나 자신의 능력 하나로 번 돈으로 대접받는 건 괴롭고 미안해서 견딜 수가 없어요.

그래서 단지 우리 집에서 돈이나 물건을 들고 나가 어머니와 누나를 슬프게 했습니다. 나 자신도 전혀 즐겁지 않았어요. 출판업을 계획한 것도 그저 쑥스러움을 감추기 위한 방법으로, 실은 전혀 진심이 아니었지요. 진심으로 해 봤자 남의 대접조차 익숙하게 받지 못하는 남자가 돈벌이라니, 그런 건 못합니다. 내가 아무리 어리석어도 그 정도는 알고 있어요.

누나.

우린 가난해져 버렸어요. 사는 동안 남한테 베풀고 싶었지만 이젠 남의 신세를 안 지면 살 수 없게 되어버렸어요.

누나.

그런데 왜 난 살아야 하나요? 이젠 안 되겠습니다. 난 죽을 거예요. 편안히 죽을 수 있는 약이 있습니다. 군대에 있을 때 손에 넣어둔 거예요.

누나는 아름답고(나는 아름다운 어머니와 누나를 자랑스러워했습니다) 또 현명하니까 누나에 대해서는 걱정하지 않습니다. 걱정할 자격조차 내게는 없어요. 도둑이 피해자의 신상을 신경 쓰는 것 같아 얼굴이 붉어질 뿐입니다. 분명 누나는 결혼해서 아이를 낳고 남편을 의지하며 잘 살아갈 거라 생각해요.

누나.

내게 비밀이 하나 있습니다.

오랫동안 꼭꼭 숨겼는데, 전쟁터에서도 그 사람만 생각했습니다. 그 사람 꿈을 꾸다가 잠이 깨어 울상을 지은 적이 몇 번이나 있었는지 몰라요.

그 사람 이름은 도저히 누구한테도 입이 썩어 문드러져도 말할 수 없어요. 난 이제 죽을 테니 적어도 누나한테만은 분명히 말해둘까도 생각했지만 역시 아무래도 두려워 말하지 못하겠습니다.

하지만 나는 그 비밀을 절대 비밀인 채로, 결국 이 세상의 누구에게도 밝히지 않고 가슴속에 묻고 죽는다면, 내 몸이 화장되더라도 가슴속만이 비릿한 내음을 풍기며 타다 남을 것 같아 불안해 미치겠어요. 그래서 누나에게만 에둘러 어렴풋이 픽션인 것처럼 말해 줄까 합니다. 픽션이라 해도 누난 필시 그 상대가 누구인지 바로 알아차릴 거예요.

픽션이라기보다는 그저 가명을 사용하는 정도의 속임수이니까요.

누나는 알까요?

누나는 그 사람을 알고 있겠지만 아마 만난 적은 없을 거예요. 그 사람은 누나보다 조금 나이가 많습니다. 쌍꺼풀이 없고 눈꼬리가 치켜 올라갔으며 파마를 한 적도 없습니다. 언제나 머리를 뒤로 잡아당겨 묶는 수수한 헤어스타일에 아주 초라한 옷차림을 하고 있습니다. 그렇다고 야무지지 못한 타입은 아니어서 늘 단정하게 차려입고 깨끗합니다. 그 사람은 전후 새로운 터치의 그림을 잇달아 발표해서 갑자기 유명해진 어느 중년 서양화가의 부인으로, 그 화가의 행실이 무척 난폭하고 거친 데 비해, 그 부인은 아무렇지도 않은 듯 항상 부드럽게 미소지으며 살아가고 있어요.

나는 자리에서 일어나며

"그럼, 이만 가볼게요."

하고 말했습니다. 그러자 그 사람도 일어나며 아무런 경계심도 없이 내 옆으로 다가와 내 얼굴을 올려다보며,

"왜요?"

하고 보통의 음성으로 말했습니다. 정말로 이상하다는 듯 약간 고개를 갸웃하며 잠시 내 눈을 응시했는데, 그 눈에는 어떤 사악한 마음도 허식도 없었어요. 나는 여자와 시선이 마주치면 당황해서 시선을 피하곤 하지만, 그때만큼은 조금도 부끄러워지지 않았습니다. 두 얼굴이 한 자 정도를 사이에 두고 60초 아니 그 이상, 정말 기분 좋게 그 사람의 눈동자를 바라보다가 그만 미소 짓고 말았어요.

"하지만….

"곧 오실 거예요."

라고 그 사람은 여전히 진지한 표정으로 말했습니다.

문득 정직이란 이런 느낌의 표정을 말하는 게 아닐까 하는 생각이 들었어요. 정직이라는 말로 표현된 본래의 덕은 도덕 교과서에 있는 것 같은 엄숙한 덕이 아니라 이런 사랑스러운 모습이 아닐까 싶었습니다.

"다시 오겠습니다."

"그래요."

처음부터 끝까지 모두 특별할 게 없는 대화입니다. 어느 여름날 오후 그 서양화가의 아파트를 방문했을 때, 서양화가는 부재중이었어요. 하지만 곧 돌아올 테니 들어와 기다리지 않겠냐는 부인의 말에 방에 들어가서 30분쯤 잡지를 보며 기다리다가 돌아올 것 같지 않아서 일어나, 이만 가 보겠다고 말했을 뿐이에요. 하지만 저는 그날 그때, 그 사람의 눈동자에 괴로운 사랑을 하게 된 것입니다.

고귀함이라고 할까요? 제 주변 귀족 중에 어머니를 제외하고 그토록 경계심 없고 '정직'한 눈빛을 가진 사람이 단 한 명도 없다는 사실은 단언할 수 있어요.

그 후 나는 어느 겨울날 저녁, 그 사람의 옆모습에 감동한 적이 있습니다. 역시 그 서양화가의 아파트에서 고타쓰*를 끼고 그를 상대로

---

*   고타쓰: 일본 실내 난방 장치 중 하나. 나무 틀에 화로를 넣고 그 위에 이불, 포대기

아침부터 술을 마셨을 때 일이에요. 일본의 소위 문화인들에 대해 서로 마구 욕하면서 자지러지게 웃었습니다. 이윽고 서양화가는 쓰러져 요란하게 코를 골며 잠들었습니다. 나도 누워서 막 잠이 들려는데 푹신하게 담요가 덮였어요. 실눈을 떠보니 도쿄의 겨울 저녁 하늘은 맑은 물빛이었고, 부인은 따님을 안고 아파트 창가에 아무 일도 없었다는 듯 앉아 있었습니다. 그 부인의 단정한 옆모습이 먼 물빛 저녁 하늘을 배경으로, 르네상스 시대의 인물화처럼 선명하게 그 윤곽을 드러내고 있었어요. 내게 살짝 담요를 덮어준 친절은 어떤 교태도 아니었고 욕망도 아니었습니다. 아아, 휴머니티라는 말은 이럴 때 소생하는 말이 아닐까요? 사람의 당연한 배려심으로, 거의 무의식적인 행동처럼 보였습니다. 부인은 그림 같은 차분한 모습으로 먼 곳을 바라보고 있었어요.

나는 눈을 감았습니다. 그립고 애가 타서 미칠 것 같은 심정이 되었고, 눈꺼풀 안쪽에서 눈물이 흘러나와 담요를 머리까지 푹 뒤집어써 버렸습니다.

누나.

내가 그 서양화가의 집에 놀러 간 것은 처음에는 그가 그린 작품의 특이한 터치와 그 밑바닥에 감춰진 열광적인 열정에 취한 탓이었습니다. 하지만 교제가 깊어질수록 그 사람의 교양 없고, 무책임하고, 추잡한 모습에 정이 뚝 떨어졌어요. 그와 반비례해서 그 사람 부인의 아

등을 씌운 것.

름다운 마음씨에 이끌려, 아니 올바른 애정을 가진 사람이 그립고 부인의 모습을 한번 보고 싶어서 그 서양화가의 집에 놀러 가게 되었습니다.

나는 지금 그 서양화가의 작품에 조금이라도 예술의 고귀한 향기라고 할 만한 게 나타나 있다면, 그건 부인의 자상한 마음이 반영된 게 아닐까 하는 생각조차 들어요.

이제야 느낀 그대로를 확실히 말하는데, 그 서양화가는 그저 지독한 술꾼에다 놀기 좋아하는 교묘한 장사꾼입니다. 유흥비가 필요해서 그냥 엉터리로 캔버스에 물감을 처바르고는 유행에 편승해서 잘난 척하며 비싸게 팔고 있는 거예요. 그 사람이 가지고 있는 건 촌놈의 뻔뻔함, 터무니없는 자신감, 교활한 상술, 그런 것뿐입니다.

아마도 그 사람은 다른 사람의 그림은 외국인의 것이든 일본인의 것이든 전혀 이해하지 못할 거예요. 게다가 자신이 그린 그림도 뭐가 뭔지 모를 겁니다. 단지 유흥비가 필요해서 정신없이 물감을 캔버스에 처바를 뿐이에요.

그리고 더욱 놀라운 일은, 그 사람은 자신의 그런 무책임함에 아무런 의문도 수치도 공포도 안 가지고 있다는 거예요.

그저 우쭐거릴 뿐이지요. 어차피 자기가 그린 그림을 자기도 이해하지 못하는 사람이니까 타인 작업의 좋은 점을 알 리도 없고, 아니, 무작정 헐뜯고 비방하기만 합니다.

요컨대, 그 사람의 데카당 생활은 입으로는 이러쿵저러쿵 힘들다는 소리를 하지만, 사실은 어리석은 촌놈이 일찍이 동경하던 도시에 와서 그 자신도 의외라고 생각할 만큼 성공을 거두니 기뻐서 어쩔 바를 몰라 하며 여기저기 놀러 다니고 있을 뿐이에요.

언젠가 내가

"친구들이 모두 빈둥거리며 놀고 있을 때 혼자만 공부하는 건 쑥스럽고 두려워 도저히 안 되니, 전혀 놀고 싶지 않아도 어울려서 놀게 된다."

고 하니 그 중년의 서양화가는

"그래? 그게 귀족 기질이라는 건가. 역겨워. 난 다른 사람이 노는 걸 보면 나도 놀지 않으면 손해다 싶어 마음껏 놀아."

하고 태연히 대답했는데, 난 그때 그 서양화가를 진심으로 경멸했습니다. '이 사람의 방탕에는 고뇌가 없다. 오히려 흥청망청 노는 걸 자랑스러워하고 있다. 진짜 멍청한 쾌락주의자다.'

하지만 이 서양화가에 대한 욕을 이 이상 많이 늘어놓아봤자 누나와는 아무 관계도 없고, 또 나도 지금 죽음 앞에서 역시 그 사람과의 오랜 교제를 생각하니 그리워져 한번 더 만나서 놀고 싶은 충동마저 듭니다. 미워하는 감정은 조금도 없어요. 그 사람도 외로움을 많이 타는 사람이고, 아주 좋은 점을 많이 가진 사람이니 이제 더는 말하지 않겠습니다.

단지 누나는 내가 그 사람 부인을 깊이 사모해서 안절부절못하고 괴로워했다는 것만 알아줬으면 해요. 그러니까 누나는 그 사실을 알아도 특별히 누군가에게 그 일을 호소해서 동생의 생전 소망을 이루게 해 주려 한다든가 하는 그런 쓸데없는 참견 따윈 할 필요가 전혀 없습니다. 누나 혼자만 알고 남몰래 아아, 그랬구나 하고 생각하면 그걸로 됐어요. 거기에 또 욕심을 말하자면, 이러한 내 부끄러운 고백을 듣고, 적어도 누나만이라도 내 지금까지 삶의 고통을 더 깊이 이해해 준다면 나는 무척 기쁠 겁니다.

나는 언젠가 부인과 손을 마주 잡는 꿈을 꾸었습니다. 그렇게 해서 부인 역시 꽤 오래전부터 나를 좋아했다는 사실을 알았습니다. 꿈에서 깬 후에도 내 손바닥에 부인 손가락 온기가 남아 있어서, 나는 이제 이걸로 만족하고 단념하리라 생각했어요. 도덕이 두려웠던 것이 아니라 나로서는 그 반미치광이, 아니, 거의 광인이라고 해도 좋을 그 서양화가가 두려워서 견딜 수 없었습니다. 포기하자고 마음먹고 가슴의 불을 다른 곳으로 옮기려고 어느 날 밤 그 서양화가조차 얼굴을 찌푸릴 정도로 닥치는 대로 여러 여자와 미친 듯 놀았어요. 어떻게든 부인에 대한 환상에서 벗어나, 잊고 아무렇지도 않게 되고 싶었습니다. 하지만 그렇게 되지 못했습니다. 나는 결국 한 여자만 사랑할 수 있는 기질을 가진 남자였어요. 난 분명히 말할 수 있습니다. 그 부인 외의 다른 여자 친구를 한 번도 아름답다든지 사랑스럽다고 느낀 적이 없어요.

누나.

죽기 전에 딱 한 번만 쓰게 해 주세요.

……스가짱.

그 부인의 이름입니다.

내가 어제 전혀 좋아하지도 않는 댄서(이 여자한테는 근본적으로 바보스러운 데가 있어요)를 데리고 산장에 왔습니다. 그래도 오늘 아침에 죽으려는 생각으로 온 건 아니었어요. 언젠가 머지않아 반드시 죽을 작정이긴 했지만, 어제 여자를 데리고 산장에 온 건 여자가 여행을 졸라댄데다 나도 도쿄에서 노는 데 지쳐 이 바보 같은 여자랑 이삼일 산장에서 쉬는 것도 나쁘지 않겠다고 생각했습니다. 누나한테는 조금 면목이 없었지만 어쨌든 여기에 같이 오게 되었어요. 그런데 와보니 누나가 도쿄에 사는 친구를 보러 나가서 그때 문득, 내가 죽는다면 지금이 기회라고 생각한 거예요.

나는 예전부터 니시가타마치의 그 집 안방에서 죽고 싶다는 생각을 했습니다. 길가나 들판에서 죽어 구경꾼들에 의해 여기저기 사체가 주물러지는 건 정말이지 싫었거든요. 하지만 니시가타마치의 그 집은 다른 사람 손에 넘어갔고, 이제는 역시 이 산장에서 죽는 수밖에 없을 거라고 생각했어요. 하지만 자살한 나를 처음 발견하는 건 누나일 텐데, 누나가 그때 얼마나 경악하고 공포에 떨까 생각하니, 누나랑 단둘이 있는 밤에 자살하는 건 마음이 무거워 도저히 실행할 수 없을 것 같았습니다.

그런데 이 얼마나 좋은 기회인가요? 누나가 없으니 그 대신에 둔하디둔한 댄서가 자살한 나를 발견할 겁니다.

어젯밤 둘이서 술을 마시고 여자를 2층 마루방에 재웠어요. 나 혼자 어머니가 돌아가셨던 아래층 방에 이불을 깔고 이 비참한 수기를 쓰기 시작했습니다.

누나.

내게는 희망의 지반이 없어요. 그만 안녕할게요.

결국 내 죽음은 자연사입니다. 사람이 사상만으로 죽을 수는 없으니까요.

그리고 정말 쑥스러운 부탁이 하나 있습니다. 어머니의 유품인 삼베 기모노, 그걸 누나가 내년 여름에 내가 입을 수 있도록 수선해 주었지요. 그 기모노를 내 관에 넣어 주세요. 입어보고 싶었어요.

날이 밝아옵니다. 오랫동안 고생을 많이 끼쳤어요.

그만 안녕.

지난 밤의 취기는 완전히 사라졌어요. 난 말짱한 정신으로 죽는 겁니다.

다시 한번 안녕.

누나.

나는 귀족입니다.

8

꿈

모두가 나한테서 떠나간다.

나오지의 장례를 치르고 한 달 동안 나는 겨울 산장에서 혼자 지냈다.

그리고 나는 아마 이게 마지막일 거로 생각하며 편지를 겸허히 써보냈다.

아무래도 당신 역시 저를 버리신 모양입니다. 아니, 점점 잊고 계시는 듯합니다.

하지만 저는 행복합니다. 제 바람대로 아이가 생긴 것 같습니다. 저는 지금 모든 것을 잃은 듯한 기분이 들지만, 그래도 배 속의 작은 생명이 제 고독한 미소의 씨앗이 되어 있습니다.

제게는 전혀 추접스러운 실수라고 여겨지지 않습니다. 전쟁, 평화, 무역, 조합, 정치 따위가 무엇을 위해서 있는 것인지, 요즘 제게도 이해되기 시작했습니다. 당신은 모르시겠죠. 그러니 언제까지나 불행한 것입니다. 그건 말이죠. 가르쳐 드리겠습니다. 여자가 좋은 아이를 낳기 위해서입니다.

제게는 처음부터 당신의 인격이나 책임에 기댈 생각이 없었습니다. 제 조그만 한가닥 사랑의 모험을 성취하는 것만이 중요합니다. 그리고 저의 그런 마음이 완성되어 지금 제 가슴속은 숲속의 늪처럼 고요합니다.

저는 이겼다고 생각합니다.

마리아가 설령 남편의 자식이 아닌 자식을 낳았더라도 마리아에게 빛나는 자부심이 있다면 그것은 성모 마리아가 되는 것입니다.

제게는 낡은 도덕을 아무렇지도 않게 무시하고 좋은 아이를 얻었다는 만족감이 있습니다.

당신은 그 후로도 역시 기요틴 기요틴 하며 신사 숙녀들과 술을 마시며, 데카당 생활이라는 것을 계속하고 계시겠지요. 하지만 저는 그것을 그만두라고는 말하지 않겠습니다. 그것도 또한 당신의 마지막 투쟁 형식일 테니까요.

술을 끊고 병을 고쳐서 오래 사시면서 훌륭한 일을 하라는 그런 속이 빤히 들여다보이는 무성의한 말을 저는 더는 하고 싶지 않습니다. '훌륭한 일'보다 목숨을 버릴 생각으로 이른바 악덕 생활을 계속하는 것이 후세 사람들로부터 오히려 감사의 말을 듣게 될지도 모릅니다.

희생자. 도덕적 과도기의 희생자. 당신도 저도 틀림없이 그런 것이 겠지요.

혁명은 대체 어디서 행해지고 있는 걸까요? 적어도 우리 주변에서 낡은 도덕은 조금도 변하지 않고 우리의 앞길을 막고 있습니다. 뭔가 바다 표면의 파도가 일렁이고 있어도, 그 밑바닥 바닷물은 혁명은커 녕 꿈쩍도 안 하고 잠든 척 누워있는 것입니다.

하지만 저는 지금까지의 제1회전에서는 낡은 도덕을 조금이나마 물리칠 수 있었다고 생각합니다. 그런 식으로 이번에는 태어나는 아 이와 함께 제2회전, 제3회전을 할 생각입니다.

그리운 사람의 아이를 낳고 키우는 것이 제 도덕 혁명의 완성인 것 입니다.

당신이 저를 잊으셔도 또 당신이 술로 목숨을 잃어도 저는 제 혁명 의 완성을 위해서 건강하게 살아갈 수 있을 듯합니다.

저는 얼마 전에도 당신 인격이 얼마나 형편없는지에 대해 어떤 사 람에게서 여러 가지로 들었습니다만, 그래도 제게 이런 강인함을 주 신 것은 당신입니다. 제 가슴에 혁명의 무지개가 떠오르게 해 주신 것 은 당신입니다. 삶의 목표를 주신 것은 당신입니다.

저는 당신을 자랑스럽게 여기고 있으며 태어날 아이에게도 당신 을 자랑스럽게 여기도록 할 생각입니다.

사생아와 그 어머니.

하지만 우리는 낡은 도덕과 끝까지 싸우며 태양처럼 살아갈 것입니다. 부디 당신도 당신의 싸움을 계속해 나가시길 바랍니다.

혁명은 아직 조금도 그 무엇도 행해지지 않았습니다. 훨씬 더 많은 안타깝고 존귀한 희생이 필요한 듯합니다.

지금의 세상에서 가장 아름다운 것은 희생자입니다.

작은 희생자가 한 명 더 있었습니다.

우에하라 씨.

저는 이제 당신에게 아무것도 부탁할 생각이 없습니다만, 그래도 그 작은 희생자를 위해서 딱 한 가지, 바라는 것이 있습니다.

그건 제가 낳은 아이를 딱 한 번이라도 좋으니, 당신의 사모님께서 안아주셨으면 하는 것입니다. 그리고 그때 제가 이렇게 말하겠습니다.

"이건 나오지가 어떤 여자에게서 몰래 낳아온 아이예요."

왜 그러려는 건지, 그것만은 누구에게도 말씀드릴 수 없습니다. 아니, 저 자신도 왜 그렇게 하기를 바라는 건지 잘 모릅니다. 하지만 무슨 일이 있어도 그렇게 해야만 합니다. 나오지라는 그 작은 희생자를 위해 무슨 일이 있어도 그렇게 해야만 하는 것입니다.

불쾌하시겠지요. 불쾌하시더라도 참아 주세요. 이것이 버림받고 잊혀져 가는 여자가 간절히 바라는 마지막 짓궂은 장난이라 생각하시고 꼭 들어주시기 바랍니다.

M·C 마이 코미디언

1947년 2월 7일

개 키우는 이야기

이마 우헤이 군에게 보냄

나는 개에 대해서는 어떤 확신이 있다. 언젠가 틀림없이 물릴 거라는 확신이다. 나는 반드시 물리고야 말 것이다. 용케 오늘날까지 무사히 안 물리고 살아왔다는 게 오히려 이상하기조차 하다.

제군들! 개는 맹수다. 말을 물어 죽이고 어쩌다가는 사자와 싸워서 이긴다고 하지 않는가. 그럴 수도 있을 거야 하며 나는 홀로 외롭게 고개를 끄덕인다. 저 개의 날카로운 어금니를 보라. 범상치 않다. 지금은 저렇게 무심함을 가장하고 아무것도 아닌 것 마냥 자기 비하를 하며 길거리에서 쓰레기통을 뒤지고는 있지만, 원래는 말을 물어 죽일 정도의 맹수다. 언제 어느 때 미친 듯 날뛰며 그 본성을 드러낼지 모른다.

개는 반드시 쇠사슬에 단단히 묶어놔야 한다. 조금의 방심도 있어서는 안 된다. 이 세상의 많은 개 주인들은 두려운 맹수를 키우면서 그들에게 매일 약간의 먹다 남은 밥을 주고 있다는 이유만으로 완전히 이 맹수에게 마음을 허락하고, 멍멍아 멍멍아 하며 한가롭게 부른다. 마치 가족의 일원이라도 된 것처럼 가까이 오게 해서는 세 살 난 사랑스러운 아기에게 그 맹수의 귀를 확 잡아당기게 하고 크게 웃는 모습을 볼 때는 몸을 떨며 눈을 감을 수밖에 없게 된다.

갑자기 짖으며 달려들어 물면 어찌할 생각인가? 조심하지 않으면 안 된다. 주인이라고 안 문다는 보장이 없는 맹수를(주인이니까 절대로 안 물 거라는 것은 어리석고 생각하기 편한 미신에 지나지 않는다. 저 무서운 어금니가 있는 한 반드시 문다. 절대로 안 문다는 것은 과학적으로 증명할 수 없는 일이다) 풀어놓고 길거리를 어슬렁어슬렁 배회하게 하다니 이게 무슨 일인가.

작년 늦가을에 내 친구가 결국 이런 개 때문에 피해를 당했다. 참혹한 희생자이다. 친구 말에 의하면 그는 별일 없이 길에서 팔짱을 낀 채 천천히 걸어가고 있었고 개 한 마리가 거기에 앉아 있었다고 한다. 친구는 역시 별 생각 없이 그 개 옆을 지나갔는데, 개가 그때 묘한 곁눈질을 했다고 한다. 그냥 지나친 순간 느닷없이 개가 와락 달려들어 오른쪽 다리를 물어뜯었다고 한다. 봉변이다. 순식간의 일이다. 친구는 망연자실했다고 한다. 잠시 후 너무 분해서 눈물까지 나왔다고 한다. 나는 그도 그럴 거야 하며 고개를 끄덕였다. 어차피 벌어진 일이니 정말 어쩔 수 없는 일이다.

친구는 아픈 다리를 끌고 병원에 가서 치료를 받았다. 그리고 21일간을 병원에 다녔다. 3주일간이다. 다리 상처가 나아도 몸 안에 광견병 같은 끔찍한 독이 들어갔을지도 몰라서 방독 주사라는 것을 맞아야 했다. 개 주인과 담판을 할 만큼 배포 있는 친구도 아니어서 꾹 참고 자기 불운에 한숨만 쉬고 있었을 뿐이다.

치료비도 만만치 않아서 그렇게 여유 있는 처지가 아니었던 친구는 결국 돈을 변통하는데 꽤 힘들었을 것이다. 어쨌든 이건 심한 봉변이다. 대재난이다. 또 깜박하고 주사를 안 맞으면 광견병이라고 해서 열이 나고 정신이 혼미해지다가 결국은 얼굴이 개와 비슷해지고 네 발로 기며 그저 개처럼 멍멍 짖는, 그런 처참한 병에 걸릴지도 모른다는 것이다. 주사를 맞으면서 친구는 얼마나 불안했을까? 친구는 고생을 많이 한 성숙한 사람이었고 추하게 이성 잃는 일도 없이 21일간을 병원에 다니면서 주사를 맞았고 지금은 건강히 일하고 있다. 하지만 만약 그런 일을 당한 게 나였다면 나는 그 개를 살려두지 않았을 것이다.

나는 다른 사람의 서너 배는 복수심이 강한 남자인 데다 그런 일을 당하면 다른 사람의 네다섯 배는 잔인성을 발휘할 테니 당장 그 개의 두개골을 부숴버리고 눈알을 뽑아 갈기갈기 씹어 뱉어버릴 것이다. 그것도 모자라 근처에 있는 개란 개는 모조리 독살해 버릴 것이다. 이쪽이 아무 짓도 안 했는데 갑자기 달려들어 물다니 이 무슨 무례하고 흉포한 짓인가? 아무리 짐승이라 해도 용서하기 힘들다. 사람들이 짐승이라고 가엾이 여겨 응석을 받아주는 게 잘못이다. 가차 없이 극형에 처해야 한다. 지난 가을에 친구의 봉변 이야기를 듣고, 개에 대한 내 평상시의 증오심은 극도로 치올랐다.

올해 정월, 나는 야마나시 현(山梨縣) 고후(甲府) 변두리에 있는 자그마한 집을 빌려 몰래 숨어 지내 듯 방에 틀어박혀 잘 써지지도 않는 소설을 아득바득 써대고 있었다. 그런데 이 고후 동네는 어딜 가든 개투성이다. 엄청나게 많다. 길가에 서성대거나, 배를 깔고 누워 있거나, 질주하거나, 어금니를 드러내며 짖어대거나 한다. 조금의 공터라도 있으면 마치 들개 소굴인 것처럼 흩어졌다 모였다 격투 연습을 하고, 밤엔 사람이 없는 거리를 바람처럼 밤도둑처럼 떼 지어 종횡으로 뛰어다니고 있다. 고후 집마다 적어도 두 마리 정도씩 기르고 있는 게 아닌가 싶을 정도로 개들 천지다. 야마나시 현은 원래 가이(甲斐)견* 산지로 알려진 모양이지만, 길거리에 보이는 개들의 모습은 결코 그런 순종이 아니다. 붉은색의 삽살개가 가장 많다. 별볼일 없는 똥개들뿐이다.

애초에 개에 대해 안 좋은 감정을 가지고 있었던 데다 친구의 봉변 이야기까지 듣고 나서는 한층 더 개를 혐오하게 되었고 늘 만반의 경계를 하게 되었다. 어디든 개들은 득실댔다. 어느 골목이든 개들이 날뛰거나 똬리를 틀고 유유히 자고 있어서 조심하는 데에도 애를 먹었다. 나는 정말 고심했다. 할 수만 있다면 정강이 싸개, 팔뚝 싸개, 투구를 쓰고 다니고 싶었다. 하지만 그런 건 너무 이상하기도 하고 너무 튀는 것 같아 애를 먹었다. 다른 방법을 강구해야만 했다.

나는 성실하고 진지하게 대책을 생각했다. 나는 우선 개의 심리를 연구했다. 사람에 대해서는 어느 정도 알고 있고 때로는 정확하게 알아맞힌 적도 있지만, 개의 심리를 알기란 아주 힘들다. 사람의 말이

---

* 가이견: 야마나시 현 중서부에 있는 '가이(甲斐)' 지역에서 태어난 개 품종. 귀가 서 있고 호랑이 털 무늬를 갖고 있다. 일본어 발음은 가이켄.

개와 사람과의 감정 교류에 얼마나 도움이 되는지가 가장 큰 문제였다. 말이 도움이 되지 않는다면 서로의 몸짓이나 표정을 읽어낼 수밖에 없다. 개의 꼬리 움직임이 중요하다. 하지만 꼬리 움직임도 주의 깊게 살펴보자면 꽤 복잡해서 쉽게 그 의미를 파악할 수 있는 게 아니다. 나는 거의 절망했다.

그러다가 아주 졸렬하고 무능하기 짝이 없는 한 가지 방법을 생각해냈다. 초라한 궁여지책이다. 나는 어쨌든 개를 만나면 얼굴 전체에 미소를 띠고 조금도 해칠 마음이 없다는 것을 보여주기로 했다. 밤에는 그 미소가 보이지 않을지도 모르니 어린 애처럼 동요를 흥얼거리면서 나는 착한 사람이라는 걸 알리려고 애썼다.

이런 것들이 약간 효과가 있었던 것 같다. 지금까지 내게 한 번도 개가 달려든 적이 없다. 하지만 어디까지나 방심은 금물이다. 개 옆을 지나갈 때는 아무리 무서워도 절대로 뛰어서는 안 된다. 방긋방긋 비굴한 웃음을 지으면서 아무렇지도 않은 듯 고개를 저으며 천천히 아주 천천히 지나가야 한다. 속으로는 등줄기에 송충이 수십 마리가 기어다니는 것 같아 당장이라도 질식할 것 같은 오한을 느끼면서 말이다.

내 비굴함이 정말이지 싫다. 울고 싶을 정도로 자기혐오를 느끼고 있다. 하지만 이렇게 안 하면 당장 물릴 것 같아 나는 모든 개에게 안쓰러운 인사를 시도한다. 머리를 너무 길게 기르면 수상쩍은 놈이라고 짖을지도 몰라 그토록 가기 싫던 이발소에도 열심히 다니기로 했다. 지팡이 같은 것도 개들이 위협적인 무기로 착각해서 반항심을 가질지 모르므로 영원히 쓰지 않기로 했다.

개의 심리를 헤아리기 힘들어 되는대로 적당히 개의 기분을 맞추는 사이에 의외의 현상이 나타났다. 개들이 나를 좋아하게 된 것이다. 꼬리를 흔들며 내 뒤를 졸졸 쫓아온다. 나는 발을 동동 굴렀다. 실로 얄궂은 일이다. 전부터 싫어한 데다 최근 들어 증오의 정점에까지 도달하게 되었는데, 그런 개들이 나를 좋아한다니 차라리 낙타가 나를 좋아하게 만들고 싶을 정도이다. 어떤 악녀든 그저 자기를 좋아하면 기분 좋겠지 하는 것은 어리석은 생각이다. 자존심이나 체질이 그런 것을 허용하지 않는 경우가 있다. 도저히 참을 수가 없다. 나는 정말 개를 싫어하는 것이다.

　　일찍이 그 흉포한 맹수의 성질을 간파하고 못마땅하게 생각해왔다. 고작 하루 한두 번 먹다 남은 밥을 먹기 위해 친구를 팔고 아내와 헤어진다. 자기 몸뚱이 하나 처마 밑에 누이고는 충성스러운 얼굴로 지난날의 친구에게 짖어대고 형제, 부모도 모조리 잊어버린다. 단지 집주인의 표정만을 살피며 온갖 아양을 떨면서 수치스러워하지 않는다. 얻어맞아도 깨갱거리며 꼬리를 말고 금방 항복했다는 시늉을 해서 식구들을 웃긴다. 그런 비열하고 흉측한 놈을 '개새끼'라고 하니 말도 참 잘 지었다.

　　개들은 하루에 백 리를 거뜬히 주파할 수 있는 건강한 다리를 가지고 있다. 또 사자도 쓰러뜨릴 수 있는 희고 예리한 어금니를 가지고 있으면서도 나태하고 불량하며 썩어빠진 근성을 거리낌 없이 발휘한다. 긍지라곤 전혀 없이 쉽사리 인간계에 굴복해서 예속되어 있고, 동족끼리 적대시하면서 만나기만 하면 으르렁대고 물어뜯으며 인간의 비위를 맞추려고 힘쓴다.

참새를 봐라. 무기라곤 없는 연약한 작은 짐승이면서도 자유를 확보하고, 인간계와는 전혀 별개의 작은 사회를 영위한다. 같은 무리끼리도 친하고 매일 기쁘다는 듯 가난한 생활을 노래 부르며 즐거워하지 않는가.

생각하면 할수록 개는 불결하다. 개가 싫다. 왠지 나를 닮은 데도 있는 것 같아 더더욱 싫다. 참을 수가 없다. 그런 개가 나를 각별히 생각하면서 꼬리를 흔들고 정을 표현하니 난감하다고 할지, 원통하다고 할지, 아니 정말이지 뭐라 표현 못 하겠다. 개의 맹수 성질을 너무 두려워한 게 문제다. 필요 이상으로 폼도 안 나게 아첨하는 미소를 흩뿌리며 다녔더니 개들이 오히려 친구를 얻었다고 오해하고 나랑 한 패가 되고자 한다. 이런 한심한 결과를 초래하다니, 뭐든 절도가 중요한데 내가 아무래도 아직 절도를 모르는 것 같다.

이른 봄의 일이다. 저녁 먹기 조금 전에 나는 바로 근처에 있는 49연대 연병장까지 산책하러 갔는데, 개 두세 마리가 내 뒤를 쫓아와 금방이라도 내 발뒤꿈치를 물어뜯을 것만 같아 정말이지 죽는 줄 알았다. 그래도 매번 있는 일이라 체념하고 평온함을 가장하면서 확 도망치고 싶은 충동을 억누르며 천천히 걸었다.

개들은 나를 따라오며 도중에 서로 싸움질을 시작했는데 나는 애써 돌아보지 않고 모른 척 걸었다. 그러나 속으로는 정말 짜증이 나서 권총이라도 가지고 있었다면 주저 없이 탕탕 쏴 죽이고 싶었다. 개들은 내가 겉으로는 보살 같지만 내심 간악무도해서 자기네들을 해칠 마음을 가지고 있다는 걸 모르고 계속해서 쫓아왔다. 연병장을 한 바퀴 돌고 개들과 함께 집으로 향했다.

지금까지는 집에 도착하기 전에 뒤에서 쫓아오던 개들이 어디론가 사라져버리곤 했었는데, 그날따라 집요하게 들러붙는 게 한 마리 있었다. 몰골이 말이 아닌 새까만 강아지다. 아주 작다. 몸통 길이가 15센티 정도 느낌이다. 하지만 작다고 해서 방심해선 안 된다. 이빨은 이미 다 자라 있을 거다. 물리면 병원에 21일간 다녀야 한다. 게다가 이런 어린놈은 상식이 없으니 언제 변할지 모른다. 더 조심해야 한다. 강아지는 앞서거니 뒤서거니 하며 내 얼굴을 올려다보았고 비실거리면서도 결국 내 집 현관까지 따라왔다.

"여보, 이상한 놈이 쫓아왔어."

"어머, 귀여워라."

"귀엽긴. 쫓아버려! 거칠게 다루면 물지도 몰라. 과자라도 줘."

나약한 외교전이었다. 강아지는 금방 내가 자기를 두려워한다는 걸 간파하고 그걸 이용해서 뻔뻔스럽게 어물어물 내 집에 눌러살게 되었다. 그리고 이 강아지는 3월, 4월, 5월, 6, 7, 8, 슬슬 가을바람이 불기 시작한 지금까지 내 집에 있다.

나는 이 개한테 얼마나 애를 먹었는지 모른다. 어떻게 처리할 바를 모르는 거다. 나는 어쩔 수 없이 이 개를 '뽀치'라고 부르며 반년이나 함께 살고 있지만, 아직도 나는 이 뽀치를 한 가족이라고 생각하지 않는다. 남 같은 느낌이다. 사이도 안 좋다. 서로의 심리를 꿰뚫어 보려고 불꽃을 튀기며 싸우고 있다.

처음 뽀치가 이 집에 왔을 때는 아직 어려서 땅바닥 개미를 신기하다는 듯 관찰하거나 두꺼비가 무서워서 비명을 지르거나 했고, 그 모습에 나도 모르게 실소하곤 했다. 밉살스러운 놈이지만 이 집에 온 것도 신의 뜻일지 모른다고 생각한 나는 마루 밑에 잠자리를 마련해주었고, 먹는 것도 어린 강아지용으로 부드럽게 익혀 주었으며, 벼룩 약 등을 몸에 뿌려주었다.

하지만 한 달이 지나자 더는 견딜 수 없게 되었다. 그놈은 슬슬 똥개의 본성을 발휘하기 시작했다. 천한 놈이다. 원래 이 개는 연병장 구석에 버려진 똥개임이 틀림없다. 산책에서 돌아오는 길에 내게 달라붙었을 때는 볼품없이 말라비틀어져 있었고 털도 빠져 엉덩이 부분은 거의 벗겨져 있었다. 나니까 이놈에게 과자도 주고, 죽도 주고, 또 거친 말 한마디 안 하면서 만지면 터질세라 조심히 또 정중히 대접해준 것이다. 다른 사람이었다면 발로 차서 쫓아버렸을 게 틀림없다.

내 이런 친절한 대접도 사실은 개에 대한 애정 때문이 아니라 개에 대한 선천적인 증오심과 공포에서 나온 노련한 술수에 지나지 않는다. 하지만 나 때문에 뽀치는 털도 가지런히 자라고 제법 멋진 수컷으로 성장할 수 있었던 게 아닌가? 털끝만큼도 생색낼 생각은 없지만, 조금은 우리한테 뭔가 즐거움 같은 걸 줘도 되지 않나 하는 생각이 들었다. 그러나 역시 버려진 개는 틀려먹었다. 밥을 많이 먹고 식후 운동이라도 할 생각인지 신발을 장난감 삼아 처참하게 물어뜯고, 쓸데 없이 마당에 널어놓은 빨래들을 끌어당겨 흙투성이로 만들어 놓는다.

"제발 이러지 마. 정말 미치겠네. 누가 너한테 이런 걸 해 달라고 했어?"

나는 날 선 말을 애써 부드럽게 바꾸며 싫은 내색을 비추기도 했다. 그런데 그놈은 내 말을 듣는지 마는지 나한테 장난질을 치기 시작했다. 도대체 이 상황에 무슨 어리광인가? 나는 이런 철면피 모습에 완전히 질려버렸다. 경멸스럽기조차 한다.

나이가 들면서 뽀치의 정체가 드러났다. 우선 생긴 모습이 좋지 않다. 어렸을 때는 균형 잡힌 몸매에 괜찮은 피가 섞여 있을지도 모른다고 생각되는 면이 있었지만 그건 완전히 틀린 생각이었다. 몸통만 길게 뻗어 있고, 손발은 심하게 짧다. 거북이 같이 볼품이 없는 거다.

내가 외출할 때면 그런 흉한 꼴을 하고 꼭 그림자처럼 따라왔다. 길 가던 아이들까지 개를 보고 이상하게 생겼다며 손가락질하고 웃어댔다. 겉모습에 좀 신경을 쓰는 편인 나는 아무리 태연하게 걸으려 해도 소용이 없었다. 아예 이 개와는 남인 척하려고 빠른 걸음으로 걸어봐도 뽀치는 내 곁에서 떨어지지 않은 채 내 얼굴을 올려다보며 앞서거니 뒤서거니 달라붙어 따라왔다. 그러니 아무리 봐도 서로 모르는 사이가 아니라 마음 맞는 주종 관계로밖에 보이지 않을 것이다. 덕분에 나는 외출할 때마다 기분이 아주 우울해졌지만, 좋은 정신 수양이 되기도 했다.

단지 그렇게 따라 걸었을 때만 해도 괜찮았다. 그런데 뽀치가 마침내 맹수의 본성을 드러내기 시작했다. 격투를 좋아하게 된 것이다. 나와 함께 걷다가 길거리에서 만나는 개들에게 다 인사를 하려 한다. 요컨대 닥치는 대로 싸움을 거는 것이다. 뽀치는 다리도 짧고 어린데도 싸우는 것만은 제법인 모양이다. 공터에 있는 개 소굴에 발을 디밀고 한 번에 다섯 마리 개를 상대로 싸웠을 때는 역시 위험천만하게 보였는데, 그래도 용케 몸을 돌려 위기를 모면했다. 자신감이 대단해서 어떤 개에게든 덤벼든다. 가끔은 기세에 눌려 짖으면서 퇴각할 때도 있다. 그럴 때면 목소리가 비명에 가까워지고 새까만 얼굴이 검푸르게 변했다.

한 번은 송아지만 한 셰퍼드에게 덤벼들었는데 그때는 정말이지 내가 새파랗게 질렸다. 역시 잠시 버티지도 못했다. 셰퍼드는 포치를 앞발로 대굴대굴 굴리며 장난감으로 갖고 놀았을 뿐 제대로 상대해주질 않아 그 목숨을 부지할 수 있었다. 개는 한 번 그렇게 혼이 나면 패기가 없어지는 모양이다. 뽀치는 그 뒤 싸움을 피하는 모습이 역력했다.

게다가 나는 싸움을 즐기지 않는다. 아니, 즐기지 않을 뿐아니라 길거리 야수들의 싸움을 방치하고 허용하는 일은 문명국의 치욕이라고 믿고 있다. 그렇게 귀가 먹먹해질 정도로 깽깽 짖는 개들의 야만스러운 울부짖음을 들으면 모조리 죽여버려도 시원치 않은 분노와 증오를 느끼는 것이다.

나는 뽀치를 사랑하지 않는다. 두려워하고 증오하면 증오했지 조금도 사랑하지 않는다. 죽어주면 좋겠다고 생각하기도 한다. 뭔가 나를 뻔뻔스레 따라다니는 게 자기를 키우는 주인에 대한 의무인 것처럼 생각하는 건지 길거리에서 만나는 개마다 반드시 극성스레 짖어 댄다. 주인인 나는 그때마다 얼마나 공포에 떠는지 모르겠다. 차를 불러세워 문을 탁 닫고 쏜살같이 도망치고 싶은 심정이다.

개들끼리 싸움질하다가 끝나는 거라면 그나마 나은데, 만약 상대 개가 눈이 뒤집혀서 뽀치 주인인 나한테 덤벼들기라도 하면 어쩌겠나? 그렇게는 안 된다고 장담하지 못한다. 개는 피에 굶주린 맹수이다. 무슨 짓을 저지를지 알 수 없다. 나는 잔혹하게 찢어 발겨져 21일간 병원에 다녀야 한다. 개싸움은 지옥이다. 나는 기회 있을 때마다 뽀치에게 타일렀다.

"싸워서는 안 돼. 싸울 테면 나한테서 멀리 떨어져 싸웠으면 해. 난 너를 좋아하지 않아."

뽀치도 조금은 아는 것 같았다. 그런 말을 들으면 다소 풀이 죽는다. 점점 나는 개를 어쩐지 기분 나쁜 놈이라고 생각했다. 반복해서 말한 충고가 효과를 발휘한 것인지, 아니면 그 셰퍼드와의 일전에서 꼴사나운 참패를 당한 것 때문인지 뽀치는 비굴할 정도로 온순하게 굴기 시작했다. 나와 함께 길을 걸어가다가 다른 개가 뽀치에게 짖어 대기 시작하면 뽀치는,

"아아, 싫어. 넌 예의가 없구나."

라고 말하는 듯했다. 오로지 내 마음에 들려고 고상한 척하며 몸을 한 번 부르르 떨었다. 상대 개에게 너는 어쩔 수 없는 놈이라며 자못 불쌍히 여긴다는 듯이 곁눈질을 하고 내 안색을 살피면서 '헤헤헷' 하고 내 비위를 맞추려고 저속한 웃음을 짓는 것 같았다. 불쾌했다.

"이놈은 마음에 드는 데라곤 한 군데도 없어. 내 눈치만 살피고."

"당신이 너무 이상하게 잘 돌봐줘서 그래요."

아내는 처음부터 뽀치에게 무관심했다. 세탁물 같은 것을 더럽히면 불평했지만, 시간이 지나면 깨끗이 잊어버리고는 뽀치야, 뽀치야 불러대며 먹이를 주곤 했다.

7월 들어 이변이 생겼다. 우리가 태연하게 도쿄 미타카로 이사하게 된 것이다. 지금 막 건축 중인 작은 집을 겨우 구했는데 그게 완성되는 대로 한 달에 24엔을 내는 것으로 집주인과 월세 계약서를 썼다. 슬슬 이사할 준비를 시작했고, 집이 다 되면 집주인으로부터 속달로 통지가 오게 되어 있었다. 뽀치는 물론 버리고 가기로 했다.

"데리고 가도 괜찮을 텐데."

아내는 역시 뽀치를 별로 문제 삼지 않는다. 어느 쪽이든 괜찮은 것이다.

"안돼. 난 뽀치가 귀여워서 키우고 있는 게 아니야. 개한테 복수 당하는 게 무서워서 할 수 없이 놔두고 있는 거잖아. 이해가 안 되나?"

"하지만 당신은 잠시라도 뽀치가 안 보이면 뽀치 어디 갔냐고 야단법석이잖아요?"

"개가 없어지면 기분이 더 으스스해지기 때문에 그런 거야. 나 몰래 동지들을 규합하고 있을지도 몰라. 그놈은 내가 자기를 경멸하고 있다는 걸 알고 있어. 개들이 복수심이 강하다니까."

지금이야말로 절호의 기회라고 생각했다. 이 개를 이대로 잊어버린 척하고 여기 두고는 냉큼 기차 타고 도쿄로 가버리면 설마 개도 사사고* 언덕을 넘어 미타카까지 쫓아오지는 못할 것이다. 우리는 뽀치를 버린 게 아니다. 완전히 깜박하고 데리고 가는 걸 잊어버린 것이다. 죄가 되지 않는다. 또 뽀치가 우리를 원망할 근거도 없다. 복수를 당할 리도 없다.

"괜찮을 거야. 놔두고 가도 굶어 죽을 리 없겠지? 죽은 혼령이 내리는 재앙도 생각해야 하니 말이야."

"원래 버려진 개였는걸요."

"그래. 굶어 죽지는 않을 거야. 어떻게든 살겠지. 저런 개를 도쿄에 데리고 가면 친구들 보기 창피해. 몸통이 너무 길어 보기 흉하다고."

뽀치는 역시 두고 가는 것으로 결론지었다. 그러자 이변이 일어났다. 뽀치가 피부병에 걸린 것이다. 이게 또 너무 심하다. 차마 말로 다 할 수 없을 만큼 참혹하여 눈을 돌리게 만들 정도였다. 때마침 무더위와 함께 지독한 악취를 내뿜었다.

이번에는 아내가 두 손 두 발을 다 들었다.

"이웃한테 미안해요. 죽여버리자고요."

이럴 때 여자는 남자보다 냉혹하고 배짱도 세다.

"죽여버리라고?"

나는 흠칫 놀랐다.

"이제 좀만 참으면 되잖아?"

---

* 사사고(笹子)언덕: 야마나시 현의 동쪽 언덕. 표고 1096미터. 현재 철도용, 도로용 터널이 개통되어 있다.

우리는 미타카 집주인으로부터 속달이 오기만을 기다리고 있었다. 집주인이 7월 말이면 될 거라고 했고 7월도 슬슬 다 끝나가는 참이라 오늘인가 내일인가 하며 이삿짐도 다 정리하고 대기 중이었는데 좀처럼 통지가 안 왔다. 어찌 된 일인지 문의 편지를 보내고 있을 때 뽀치 피부병이 시작된 것이다. 보면 볼수록 너무나 처참했다.

뽀치도 이제는 역시 자기 꼴을 부끄러워하는 듯 어두운 곳을 즐겨 찾았다. 가끔 현관의 양지바른 돌 위에 축 늘어져 있는 경우에도, 내가

"와, 정말 심하네."

하고 욕을 하면 서둘러 일어나 고개를 떨구고는 난처하다는 듯 몰래 툇마루 밑으로 기어들어 가버렸다.

그래도 내가 외출할 때는 어디선가 소리 없이 나타나 나를 따라오려 한다. 이런 괴물 같은 게 나를 따라오다니 하며 나는 잠자코 뽀치를 응시했다. 조롱 섞인 웃음을 입가에 역력히 흘리며 한참을 그렇게 바라본다. 이건 꽤 효력이 있었다. 뽀치는 자기 꼴이 흉하다는 걸 깨달았는지 고개를 떨구고 풀이 죽어 어디론가 자취를 감추었다.

"견딜 수가 없어요. 나까지 근지러워서."

아내는 때때로 나에게 의논을 한다.

"가능하면 뽀치를 안 보려고 하는데, 한 번 보게 되면 끝장이에요. 꿈에까지 나온다니까요."

"조금만 참아보자."

참을 수밖에 없다고 생각했다. 아무리 병들어 있다고 해도 상대는 일종의 맹수다. 잘못 만졌다가는 물릴 것이다.

"내일쯤이면 미타카에서 답장이 올 거야. 이사해 버리면 그만이잖아."

미타카 집주인한테서 답장이 왔다. 읽고 낙담했다. 비가 계속 와서 벽이 마르지 않는 데다 일꾼도 모자라서 완성까지 열흘 정도는 더 걸릴 것 같다는 이야기이다. 나는 진절머리가 났다. 뽀치한테 벗어나기 위해서라도 빨리 이사를 하고 싶었다. 나는 이상한 초조함에 일도 손에 잡히지 않아 잡지를 읽거나 술을 마시거나 했다.

뽀치의 피부병은 날이 갈수록 심해졌고, 내 피부도 왠지 자꾸 가려워졌다. 깊은 밤 문밖에서 뽀치가 가려움에 자꾸 몸을 북북 긁는 소리를 내서 내가 얼마나 소름이 끼쳤는지 모른다. 참을 수가 없었다. 차라리 단숨에 죽여버리겠다는 흉포한 마음에 시달린 적도 여러 번 있었다.

집주인한테서 다시 20일 기다리라는 편지가 왔다. 내 울분은 순식간에 옆에 있는 뽀치한테 옮겨 가 이놈 때문에 일이 제대로 진행되지 않는 거라고, 뭐든 나쁜 것은 뽀치 탓이라 생각되어 이상한 저주를 퍼부었다. 또 어느 날 밤, 내 잠옷에 개벼룩을 옮긴 것을 발견하고는 결국 폭발해서 마음속에 중대한 결심이 섰다.

죽이자고 생각한 것이다. 상대는 무서운 맹수다. 평상시 나라면 이런 난폭한 결심은 못 했겠지만, 분지 특유의 무더위로 약간 이상해진 데다가, 또 매일 아무 일도 못 하고 그저 멍하니 집주인으로부터의 속달을 기다리는 지루한 날들을 보내면서 짜증이 잔뜩 나 있었다. 게다가 불면증까지 겹쳐 참을 수 없는 발광 상태에 이른 것이다.

개벼룩을 발견한 날 밤, 곧바로 아내한테 소고기 큰 덩어리를 사오라고 하고, 나는 약국에 가서 어떤 종류의 약품을 소량 사들였다. 이걸로 준비는 끝났다. 아내는 적지 않게 흥분하고 있었다. 우리 악귀 부부는 그날 밤 모여 작은 목소리로 의논했다.

이튿날 아침 나는 4시에 일어났다. 시간을 맞춰놓고 잤지만, 자명 종이 울리기 전에 눈이 떠져 버렸다. 날이 훤히 밝아 있었다. 으스스 추울 정도였다. 나는 대나무 껍질로 만든 가방을 메고 밖으로 나갔다.

"마지막까지 보고 있지 말고 곧바로 돌아와요."

아내는 현관 입구에 서서 배웅하며 말했다. 침착한 모습이었다.

"알고 있어. 뽀치야, 이리 와!"

뽀치는 꼬리를 흔들며 툇마루 밑에서 나왔다.

"따라와!"

나는 재빨리 걷기 시작했다. 오늘은 심술궂게 뽀치 몸을 응시하는 일이 없다 보니 뽀치도 자기가 추하다는 것을 잊고 부랴부랴 내 뒤를 따라왔다. 안개가 자욱했다. 거리는 쥐 죽은 듯이 잠들어 있었고, 나는 연병장을 향해 서둘러 걸었다.

도중에 엄청나게 덩치 큰 붉은 털의 개가 뽀치를 향해 맹렬히 짖어 댔다. 뽀치는 예의 점잔 빼는 태도를 보이며 뭘 그리 소란이냐는 듯이 멸시하는 눈초리로 흘끔 쳐다보더니 금세 그 개 앞을 통과했다. 붉은 털은 몹시 비열했다. 염치없게 뒤에서 바람처럼 달려들어 뽀치의 고환을 노렸다. 뽀치는 순간 몸을 한 바퀴 휙 돌리고는 잠시 내 안색을 살폈다.

"덤벼!"

나는 큰 소리로 명령했다.

"붉은 털은 비겁하다! 네 마음껏 해 봐!"

허락이 떨어지자 뽀치는 한 번 크게 몸을 떨더니 쏜살같이 붉은 털 가슴을 덮쳤다. 순식간에 개 두 마리가 엉겨 붙어 격투했다. 붉은 털은 뽀치의 두 배나 큰 덩치를 하고 있었지만 뽀치를 당해내지 못했다. 이윽고 깨갱 비명을 지르며 도망쳤다. 거기에 뽀치의 피부병까지 옮겨졌을지 모른다. 바보 같은 놈이다.

싸움이 끝나고 나는 한숨 돌렸다. 글자 그대로 손에 땀을 쥐며 바라보았다. 순간 두 마리 개들의 격투에 말려들어 나도 함께 죽는 게 아닌가 싶었다. 난 물려 죽어도 좋다. 뽀치야, 마음껏 싸워라! 하고 이상하게 허세를 부리고 있었다.

뽀치는 도망치는 붉은 털을 잠시 쫓아가다가 멈춰서 내 표정을 힐끗 보더니 갑자기 풀이 죽어 고개를 떨구며 내 쪽으로 힘없이 되돌아왔다.

"잘했어! 너 참 세구나."

뽀치를 칭찬하며 다시 걷기 시작했고, 다리를 건넜다. 여기는 이제 연병장이다.

옛날에 뽀치는 이 연병장에 버려져 있었다. 그러니까 지금 다시 이 연병장에 돌아온 것이다. 네 고향에서 죽는 게 좋다.

나는 멈춰서 쇠고기 덩어리를 툭 하고 내 발 아래 떨어뜨렸다.

"뽀치, 먹어."

나는 뽀치를 보고 싶지 않았다. 멍하니 거기에 서 있었더니 발 아래서 쩝쩝대며 먹는 소리가 들린다. 뽀치는 1분도 채 안 가서 죽을 것이다.

나는 등을 구부리고 천천히 걸었다. 안개가 자욱하다. 바로 눈앞의 산이 뿌옇게 거무스름하게 보일 뿐이다. 남알프스* 봉우리도 후지산도 아무 것도 보이지 않는다. 아침 이슬로 신발이 흠뻑 젖었다. 나는 등을 더욱 구부리며 느릿느릿 걸었다. 다리를 건너 중학교 앞까지 와서 뒤를 돌아보니 뽀치가 있었다. 면목이 없다는 듯 고개 숙여 내 시선을 살짝 피했다.

나는 이제 어른이다. 쓸데없는 감상에는 빠지지 않았다. 곧바로 사태를 알아차렸다. 약효가 없었던 거다. 나는 고개를 끄덕였고, 모든 것을 백지로 돌리기로 했다. 집에 돌아와서는

"안 되겠어. 약이 안 들어. 용서해 주자. 그 놈에게는 죄가 없어. 예술가는 원래 약자 편이었을 거야."

하고 말했다. 나는 집으로 돌아오면서 생각한 것을 그대로 말해 봤다.

"예술가는 약자 친구야. 예술가한테는 이게 출발점이고 또한 최고의 목적이야. 이런 단순한 걸 나는 잊고 있었어. 나뿐이 아니야. 모두가 잊고 있어. 나는 뽀치를 도쿄에 데리고 갈 거야. 만일 친구가 뽀치 꼴을 보고 웃으면 냅다 후려갈길 거야. 계란 있어?"

"네."

아내는 영문을 모르겠다는 표정을 하고 있었다.

---

* 남알프스: 야마나시 현 중서부에 있는 산맥.

"뽀치에게 주라고. 두 개 있으면 두 개 줘. 당신도 참아. 피부병 같은 건 금방 나아."

"네."

아내는 여전히 뭐가 뭔지 모르겠다는 듯한 표정을 지었다.

앵두

나는 산을 향해 시선을 돌린다. (시편 제 121)

　자식보다도 부모가 더 소중하다고 생각하고 싶다. '자식을 위해서'
라는 고리타분한 유학자들 말을 떠올려 봐도 결국은 자식보다는 부
모 쪽 힘이 약한 거다. 적어도 우리 집에서는 그렇다. 내가 늙어서 자
식들 덕을 봐야겠다는 그런 염치없는 마음을 갖고 있진 않아도 집에
서는 늘 아이들의 기분만을 맞춰주며 살게 된다. 우리 집 아이들은 모
두 아주 어리다. 큰딸은 일곱 살, 큰아들은 네 살, 둘째 딸은 한 살이
다. 그래도 이미 제각각 부모를 억누르기 시작했다. 나와 아내는 마치
아이들의 하인과 하녀가 된 느낌이다.

　여름에는 가족 모두가 좁은 방 안에 모여 야단법석을 떨면서 저녁
을 먹고, 나는 수건으로 얼굴에 흐르는 땀을 연신 닦으며 "밥을 먹으
며 땀 흘리는 것이 볼썽사나운 일이라 하지만, 이렇게 애들이 시끄러

워서야 아무리 점잖은 아버지라도 땀이 안 나겠나?"라며 혼자서 투덜대기 시작했다.

아내는 한 살짜리 둘째 딸에게 젖을 먹이면서 남편과 큰딸 큰아들 시중을 들랴, 아이들이 흘린 것들을 훔치랴, 코를 풀어주랴 동에 번쩍 서에 번쩍하고 있다.

"그리고 보니 당신은 콧등에 땀이 제일 많이 나는 모양이네요. 늘 벅벅 콧등을 훔치고 계시니"

나는 쓴웃음을 지으며

"그럼 당신은 어디야? 허벅지인가?"

"점잖은 분이시라면서요."

"아니, 당신. 이건 의학적인 얘기잖아? 점잖고 말고가 어딨어?"

"난 말이죠."

아내는 약간 진지한 표정이 되어

"양쪽 젖가슴 사이예요.""…눈물의 계곡…."

'눈물의 계곡'

나는 잠자코 식사를 이어갔다.

나는 집에서는 늘 농담을 했다. 그것은 가슴속에 걱정이 많아서 겉으로 쾌활함을 가장할 수밖에 없기 때문일 것이다. 아니, 나는 집에 있을 때뿐만 아니라 사람을 대할 때도 아무리 몸과 마음이 괴로워도 거의 필사적으로 즐거운 분위기를 만들려고 노력한다. 그리고 손님과 헤어지고 나면 나는 피로에 비틀거리며 돈과 도덕과 자살에 대해 생각한다. 사람과 접할 때만 그러는 게 아니다. 소설을 쓸 때도 마찬가지다. 나는 슬플 때 오히려 가볍고 즐거운 이야기를 만들려고 노력한다. 스스로는 독자들을 위한 큰 봉사라고 생각하고 있지만, 사람들은 이를 알아차리지 못하고 다자이라는 작가도 이젠 경박해졌다, 재미만으로 독자들을 낚는다, 아주 안이하다고 하며 나를 업신여긴다.

인간이 인간에게 봉사한다는 게 나쁜 일인가? 짐짓 대단한 사람이라도 되는 마냥 여간해서 웃지 않고 무게 잡는 게 좋은 건가?

요컨대 나는 진지하고 서먹서먹한 분위기를 못 참는 거다. 나는 내 집에서도 끊임없이 농담한다. 살얼음판을 걷는 기분으로 말이다. 일부 독자들과 비평가들의 예상과 달리 내 방 다다미는 깨끗하고 내 책상은 정돈돼 있으며 우리 부부는 서로 아껴주며 존경한다. 나는 아내를 구타한 적도 없을뿐더러 단 한 번도 네가 나가라, 그래 나간다 따위의 난폭한 언쟁을 한 적도 없었다. 우리 부부는 서로 뒤질세라 아이들을 귀여워하고 아이들도 우리를 아주 잘 따른다.

그러나 이는 겉보기에 그럴 뿐이다. 아내의 가슴은 눈물의 골짜기이고, 내가 잘 때 흘리는 땀 수준은 점점 심각해졌다. 우리는 서로 상대의 고통을 알고 있지만 그걸 건드리지 않도록 애썼고, 내가 농담을 하면 아내도 웃었다.

하지만 그때 눈물의 골짜기라는 말을 듣고 나는 입을 다물었다. 뭔가 농담으로 되받아치려 했지만 갑자기 적당한 말이 떠오르지 않아 점점 어색함이 쌓였고, 얼렁뚱땅 넘어가는데 도가 든 나도 결국 심각한 표정으로

"아주머니라도 한 명 씁시다. 그렇게 해야겠어."

라고 아내의 기분을 상하게 하지 않으려고 신경을 쓰며 혼잣말처럼 중얼거렸다.

자식이 세 명, 나는 도무지 집안일을 못 한다. 이불도 혼자서 안 갠다. 단지 바보 같은 농담만 할 뿐이다. 배급이니 등록이니 그런 것들을 도무지 모른다. 완전히 여인숙 생활하고 있는 모양새다. 손님을 맞기도 한다. 일하는 곳에 도시락을 갖고 가서 그대로 일주일이나 집에 돌아오지 않을 때도 있다. 일, 일, 하고 떠들어도 하루에 두세 장밖에 못 쓰는 것 같다. 나머지는 술이다. 과음하면 바싹 홀쭉해져서 몸져눕는다. 게다가 여기저기 젊은 여자친구들도 있다.

아이들…, 일곱 살짜리 큰딸도 올해 봄에 태어난 둘째 딸도 감기에 잘 걸리곤 하지만 그런대로 잘 자라고 있다. 하지만 네 살짜리 큰아들은 바싹 야윈 몸에 아직 서지도 못한다. 말은 "아아"나 "다아"만 할 뿐으로, 한마디도 제대로 못 하고 또 남이 하는 말도 알아듣지 못한다. 기어 다니고 있어서 대소변 가리는 것도 가르치고 있지 않다. 그러면서도 밥은 정말 많이 먹는다. 하지만 늘 앙상하고 작은 몸에 머리숱도 적고 도무지 성장하질 않는다.

나나 아내나 큰아들에 관한 깊이 있는 얘기는 피하려 한다. 천치, 벙어리…그 말을 한마디라도 입 밖으로 꺼내 이야기하는 것만큼 비참한 일은 없을 것이다. 아내는 때때로 이 아이를 꼭 끌어안는다. 나는 종종 이 아이를 안고 강에 뛰어들어 죽어버리고 싶다는 충동에 시달린다.

「벙어리 둘째 아들을 참혹하게 살해. ○일, ○구 ○번지 ○○상회,

○○씨(53세)는 정오를 지나 자택 방에서 차남인 ○○군(18세)의 머리를 도끼로 찍어 살해, 자신은 가위로 목을 찔러 자살하려다 미수에 그침. 현재 인근 병원에 있으나 위독. 사건이 일어난 집에서는 최근 둘째 딸(22세)을 양녀로 들여 귀여워했는데, 벙어리에다 바보인 둘째 아들을 보고 그만 일을 저지른 것으로 추정」

이런 신문 기사를 보면 또 나는 홧술을 들이키게 된다.

아아, 단지 발육이 늦어져서 그런 거라면 얼마나 좋을까? 이 큰아들이 갑자기 성장해서 부모가 걱정하는 걸 개탄하고 비웃어 줬으면. 우리 부부는 친척이나 친구들 누구한테도 하지 못하는 말을 마음속으로만 되뇌며 표면적으로는 아무렇지도 않은 척 큰아들을 놀리며 웃고 있다.

아내도 있는 힘껏 노력하며 살고 있겠지만 나 또한 최선을 다했다. 나는 원래 글을 많이 쓸 수 있는 소설가가 아니다. 극단적으로 소심하기만 한 사람이다. 그런 사람이 사람들 앞에 끌려 나와 어쩔 줄 몰라 하며 글을 쓰고 있는 거다. 쓰는 게 고통스러워 술로 구원을 받으려 했다. 홧술이란 자기 생각을 주장할 수 없는 답답함, 분함에 마시는 술이다. 언제라도 자기 생각을 확실히 내세울 수 있는 사람은 홧술따위 마시지 않는다(여자 술꾼들이 적은 이유는 이 때문이다).

나는 논쟁을 해서 이겨본 적이 없다. 반드시 진다. 상대가 가진 강한 확신, 엄청난 자기 긍정에 압도되는 것이다. 그렇게 나는 침묵한다. 하지만 점점 상대가 멋대로 말하고 있다는 걸 알게 되고 이쪽만 잘못한 게 아니라는 확신이 들게 되는데, 그렇다고 해서 한 번 논쟁에 진

주제에 또다시 집요하게 전투를 개시한다는 것도 참담하지 싶다. 게다가 논쟁을 하면 서로 치고받고 싸웠을 때와 마찬가지로 계속해서 불쾌한 증오심이 남기 때문에 분노에 떨면서도 웃고 침묵하고 이래저래 생각하다가 결국 홧술을 마시게 되는 것이다.

확실히 말하자. 장황하게 이리저리 빙빙 돌리며 썼는데, 실은 이 소설은 우리 부부싸움 얘기인 것이다.

'눈물의 계곡'

그게 도화선이었다. 우리 부부는 앞서 말했듯이 거친 말이나 더러운 욕설을 퍼부은 적 없는 점잖은 부부였다. 하지만 그만큼 또 일촉즉발의 위기감에 떨고 있기도 했다. 둘 다 잠자코 상대방이 잘못한 증거를 차곡차곡 쌓아 두려는 것 같았다. 패 한 장을 슬쩍 보고는 가리고, 또 한 장 슬쩍 보고는 숨기고, 언젠가 갑자기 자, 여기 있어 하고 패를 가지런히 눈앞에 펼쳐놓을 것만 같은 위험함, 그 위험함이 부부 사이의 조심성을 만들었다고 해도 과언이 아니다. 아내 쪽은 어찌 됐든 남편 쪽은 두드리면 두드릴수록 얼마든지 먼지가 나올 만한 남자인 거다.

'눈물의 계곡'

그 말을 듣고 나는 언짢았다. 그러나 말다툼은 싫다. 입을 다물었다. 당신은 내게 조금은 비꼬듯이 그렇게 말한 것이겠지만, 그렇다고 눈물이 나는 게 당신만은 아니다. 나 역시 당신 못지않게 아이들에 대해 고심하고 있다. 내 가정이 소중하다고 생각하고 있다. 한밤중에 아이가 이상한 기침 한 번만 해도 그때마다 눈이 떠져서 미치겠다. 좀 더 나은 집으로 이사해 당신이나 아이들을 기쁘게 하고 싶지만, 아무리 해도 내게 그런 여력은 없다. 이게 내 최선인 거다. 나는 흉악한 괴물이 아니다. 처자식을 모른 척하고 태연할 수 있는 '배짱'이 없다. 배급이니 등록이니 하는 걸 모르는 게 아니다. 알 '틈'이 없는 거다. …나는 그렇게 마음속으로 중얼대면서도 그런 말을 할 자신도 없고, 또 괜한 말 했다가 역공을 당하면 곤란해질 것 같아

"누군가 사람을 써."

라고 혼잣말처럼 간신히 말해 본 거다.

아내는 원래 말수가 적은 편이다. 하지만 말할 때마다 언제나 냉철한 자신감이 있었다(내 아내뿐 아니라 어느 여자나 대개 그렇지만).

"하지만 좀처럼 와 주는 사람도 없어서 말이에요."

"찾으면 필시 있을 거야. 올 사람이 없는 게 아니라 오래 있어 줄 사람이 없는 거겠지."

"내가 사람 부릴 줄 모른다는 얘기인가요?"

"그게 아니라…."

나는 또 입을 다물었다. 실은 그렇게 생각하고 있었던 거다. 하지만 침묵했다.

아아, 누군가 한 명 고용하면 좋겠다. 아내가 막내를 업고 볼일 보러 밖에 나가면 나는 나머지 두 아이를 돌봐야 한다. 그런데 손님이 매일 열 명 정도씩은 꼬박꼬박 찾아온다.

"여보, 작업실에 좀 가야겠어."

"지금요?"

"응, 아무래도 오늘 밤 안으로 완성해야 할 일이 있어."

그 말은 거짓이 아니었지만, 집안의 우울한 분위기에서 벗어나고 싶은 마음도 있었다.

"오늘 밤엔 여동생네 다녀오려고 하는데요."

그것도 나는 알고 있었다. 처제가 중태인 거다. 하지만 아내가 문병하러 가면 나는 아이들을 보고 있어야 한다.

"그러니까 사람 구해서….'

말하려다 그만두었다. 아내 집안에 대해 조금이라도 말한다면 둘 다 마음이 심하게 언짢아질 것이다.

산다는 건 큰일이다. 여기저기 쇠사슬로 뒤엉켜 있어서 조금이라도 움직이면 피가 난다.

나는 잠자코 일어서서 내 방 책상 서랍에서 원고료가 들어있는 봉투를 꺼내 안주머니에 찔러 넣었고, 원고용지와 사전은 검은 보자기에 쌌다. 그리고 미안한 듯 휙 하고 밖으로 나왔다.

이미 일 따위가 문제가 아니다. 자살만을 생각한다. 그리곤 술 마실 장소로 곧바로 간다.

"어서 오세요."

"마시자. 오늘은 또 너무 예쁜 줄무늬를….'"

"예쁘죠? 좋아하실 것 같았어요."

"오늘은 부부싸움이야. 우울해서 견딜 수가 없어. 마시자. 오늘 밤은 무조건 외박이다. 외박."

자식보다 부모가 소중하다고 여기고 싶다, 아이보다 부모 쪽이 약한 거다.

앵두가 나왔다.

우리 집에서는 아이들에게 사치스러운 음식을 먹이지 않는다. 아이들은 앵두 같은 것을 본 적이 없을지도 모른다. 먹이면 기뻐할 거다. 아버지가 갖고 돌아가면 기뻐할 거다. 실로 연결해 목에 걸면 앵두는 산호 목걸이처럼 보일 것이다.

그러나 나는 큰 접시 위에 담긴 앵두를 아주 맛없는 듯이 먹었다가 씨를 뱉고, 또 먹었다가 씨를 뱉어내며 마음속으로 허세 부리듯 중얼거렸다. '자식보다 부모가 소중해'라고.

옮긴이의 말

　다자이 오사무(太宰治)는 1909년 아오모리현(青森県) 쓰가루(津軽)에서 대지주의 아들로 태어났다. 본명은 쓰시마 슈지(津島修治)이며, 중고교 시절부터 소설가를 지망했고 1920년대 당시 기성작가들의 작품을 탐독하는 한편 프롤레타리아 문학운동의 영향을 받는다. 프랑스어는 몰랐지만 프랑스문학을 동경하여 도쿄제국대학 불문과에 입학하는데 수업에는 거의 출석하지 않고 중퇴했다. 좌익 활동에 좌절한 후 자살 미수와 약물 중독과 같은 문제행동을 반복하면서 작품 활동을 계속했다. 1948년 자살로 39세의 짧은 생애를 마감하기까지 15년 남짓한 작가 생활을 통해 수많은 명작을 남겼다.

　대표작으로는『달려라 메로스』(走れメロス, 1940),『쓰가루』(津軽, 1944),『사양』(斜陽, 1947),『인간실격』(人間失格, 1948) 등이 있다. 그의 작품은 전반적으로 퇴폐적(데카당, decadent)이었지만 유모어(humor)도 갖추고 있었던 것으로 평가된다. 이러한 경향은 사카구치 안고(坂口安吾, 1906~1955), 오다 사쿠노스케(織田作之助, 1913~1947), 이시카와 준(石川淳,

1899~1987) 등과 함께 신희작파(新戲作派) 또는 무뢰파(無賴派)로 분류되기도 한다. 특히 전후에 발표된 일련의 작품은 자의식의 붕괴를 고백하는 형식을 취해 전형적인 자기파멸형 사소설(私小說) 작가로 이야기되고 있다.

『사양』은 1947년 문예잡지 『신초』(新潮) 7월호부터 10월호에 네 차례에 걸쳐 연재 발표되었고 같은 해 12월 신초사(新潮社) 단행본으로 간행되어 곧바로 베스트셀러가 되었다. 당시 '사양족'(斜陽族)이라는 말이 몰락한 귀족을 가리키는 유행어가 될 정도로 다자이는 유명 작가가 된다. 그러나 이러한 세속적 성공은 그에게 크게 중요하지 않았던 것인지, 이듬해 6월 도쿄의 다마가와조스이(玉川上水)에서 정부와 함께 투신 자살했다. 이 무렵 발표된 『인간실격』 역시 전후 최고의 히트작으로서 나쓰메 소세키(夏目漱石, 1867~1916)의 『마음』(こゝろ, 1916)과 함께 일본 근현대문학을 대표하는 작품이 되었다.

귀족 여성을 주인공으로 한 1인칭 화자의 수기 형식을 취한 『사양』은 이미 한국어로 여러 차례 번역 소개된 바가 있다. 역자가 구태여 이번에 새로 번역판을 내는 이유는 이 소설 텍스트의 특이한 문체에 있다. 일본어는 다른 언어에 비해 비교적 남녀 차이가 큰 언어이다. '여성어' '남성어'라는 용어가 존재할 정도로 언어 사용의 젠더적 특징이 뚜렷하다. 『사양』은 지문과 대화문에 '여성어'의 특성이 매우 두드러지게 드러난 작품이다. 이러한 문장표현의 독특한 호소력을 고스란히 담아 한국어로 전달할 수 없을까 하다가 이 책을 번역 출판하게 되었다.

일본어로 읽어갈 경우 『사양』에 등장하는 주인공 겸 화자 '가즈코'(かず子)나 화자에 의해 묘사되는 그 어머니의 말투, 그리고 두 사람이 주고받는 대화의 전개 방식이 이상하게 매력적인 데가 있음을 느끼게 된다. 다자이 오사무는 여성 화자의 말투를 자신의 소설에 즐겨 썼던 작가로 평가되며 아베 아키라(阿部昭, 1934~1989)와 같은 평론가는 이를 '복화술'을 사용하는 인형 조종자에 비유하기도 했다. 한편 귀족 출신의 작가인 시가 나오야(志賀直哉, 1883~1971)나 미시마 유키오(三島由紀夫, 1925~1970)는 『사양』에 등장하는 귀족 여성들의 말투가 실제에 부합하지 않는다고 혹평했다.

그러나 다른 맥락에서 볼 때 이러한 문체상의 특징이 독자들에게는 매우 호평을 받았을 것으로 생각된다. 발표 당시부터 폭발적 인기를 얻은 이 소설의 문체는 귀족들의 말투가(실제에 부합하든 아니든) 이해하기 쉽고 그럴듯하게 받아들여졌을 것이다. 요컨대 이 책에서는 그 점을 가능한 한 세밀하게 번역에 반영해보려고 노력했다. 그러다 보니 어떤 부분에서는 원문의 뉘앙스를 살리는 데에 신경을 더 쓰고 또 다른 부분에서는 번역문의 자연스러움을 더 추구하게 되는 일이 일어났을 것이다. 어쨌든 이 책은 본 역자가 원문과 번역문 사이를 끊임없이 왕복운동 하면서 만들어낸 결과물이다.

한 가지 덧붙이자면 패전 직후 상황의 일본 귀족 이야기 『사양』의 내용을 21세기의 한국 독자들이 어떻게 받아들일지에 대한 역자 나름의 은근한 걱정도 갖고 있다. 가족의 연이은 죽음과 생활의 궁핍을 감내하면서 사랑을 혁명적 방식으로 '성취'해가는 주인공, '최후의 귀

부인'으로 기품을 갖추고 죽음까지 덤덤하게 받아들이는 어머니, 파멸을 향해 돌진하는 동생 나오지. 이렇게 떨어지는 해(=사양)처럼 영락해 가는 한 집안의 모습을 슬프고도 아름답게 그려간 이 작품이 오늘날 우리에게 주는 메시지는 무엇인가? 특히 주인공의 삶에 대한 자세에서 읽을 수 있는 것은 무엇인가 하는 것이다.

도쿄의 집에서 이즈(伊豆)의 산장으로 주거를 옮긴 후, 그동안 생사도 확인이 안 되던 남동생 나오지의 귀환이 안 그래도 움츠러든 일상에 모종의 파동을 일으킨다. 6년 전 나오지의 일로 딱 한 번 만났던 작가 우에하라(上原)에게 키스를 빼앗긴 혼자만의 '비밀'을 떠올리고 그에게 연이어 세 통의 편지를 보낸다. 쇠약해진 어머니의 급작스러운 죽음, 그 다음에는 슬픔 속에 잠겨 있을 수 없다며 '전투 개시'를 각오한다. 결국 가즈코는 우에하라를 다시 만나 잠자리를 같이하는데 하필이면 바로 그날 동생 나오지가 자살한다. 가즈코는 계획대로 아이를 갖는 데에 성공하고 우에하라에게 마지막 편지를 보낸다.

가즈코는 변화된 삶을 받아들이기 위해 '혁명'을 하고자 하고 그 혁명이란 '한 줄기 사랑의 모험을 성취'하여 '낡은 도덕'을 벗어나는 것이었다. '그리운 사람의 아이를 낳고 키우는 것'이 그녀에게 있어서 '도덕 혁명의 완성'으로 간주되며 구체적으로는 자신의 의지에 의해 우에하라의 아이를 갖는 것이었다. 그녀에 따르면 '전쟁, 평화, 무역, 조합, 정치 따위가 있는 이유'는 '여자가 좋은 아이를 낳기 위해서'에 다름 아닌 것이다. 이렇게 남녀 관계를 주체화한 가즈코의 모습은 최근 한국 사회에서 뜨겁게 논란이 되고 있는 비혼모(非婚母)와 성적 자기결정권의 문제에 중요한 참고항이 될 수도 있을 것이다.

다음으로『개 키우는 이야기』와『앵두』는 다자이 오사무의 자전적 소설로 이야기된다. 먼저『개 키우는 이야기』는 개를 싫어하는 주인공이 오갈 데 없는 개를 키우게 되는데 화자(=주인공)의 어투와는 정반대로 자신도 모르는 사이에 개에 대한 애정을 갖게 된다는 이야기이다. 부제목의 '이마 우헤이 군'이란 극작가 이마 우헤이(伊馬鵜平, 1908~1984)인데 작품 속에서 개에게 물렸던 친구의 모델이라고 한다. 『앵두』는 다자이 생애 최후의 작품으로 알려져 있다. 아이들의 일로 부부싸움을 한 후 집에서 나와 술을 마시다가 안주로 나온 앵두를 보고 아이들을 생각하는 가장(家長)의 이야기이다.

코로나 19로 일상이 힘겨운 요즈음 이 책을 통해 독자들이 세상의 시름을 접어두고 잠시라도 즐거운 시간을 보낼 수 있다면 번역자로서 더 이상 바랄 것이 없다. 나아가 일본의 소설 문학에 대해 흥미를 느끼고 일본에 대한 더 많은 관심을 가진다면 일본 문학 전공자로서 더 없는 보람을 느낄 것이다. 여러모로 어려운 상황에서 이 책의 출간을 위해 애써주신 분들 특히 역락 출판사 이대현 사장님과 박태훈 이사님, 문선희 편집장님께 깊은 감사의 말씀을 올린다. 또 번역 초기 단계에서 원고의 정리와 교정 작업을 도와주신 가천대 아시아문화연구소의 김정희 선생님께 진심으로 감사드린다.

2020년 11월
가천대 연구실에서 박진수

지은이

다자이 오사무(太宰治, 1909~1948)

일본의 소설가. 아오모리현 출생. 도쿄제국대학 불문과 중퇴. 좌익 활동에 좌절한 후 자살미수와 약물 중독을 반복하면서 작품 활동을 계속함. 무뢰파(無賴派)로 불리우며 전형적인 자기파멸형 사소설(私小說)을 많이 남김. 대표작은『인간실격』(人間失格),『사양』(斜陽) 등.

옮긴이

박진수(朴眞秀)

1965년 서울 출생. 고려대학교 일어일문학과를 졸업하고 도쿄(東京) 대학에서 문학박사 학위를 받았으며 현재 가천대학교 동양어문학과 교수(아시아문화연구소 소장 겸)로 있다. 주요 저서로는『소설의 텍스트와 시점』,『근대 일본의 '조선 붐'』(공저) 등이 있다.

가천대학교 아시아문화연구소 아시아교양총서 ❻

사양 외

초판인쇄	2020년 12월 15일
초판발행	2020년 12월 24일
지은이	다자이 오사무
옮긴이	박진수
기 획	가천대학교 아시아문화연구소
펴낸이	이대현
편 집	이태곤 권분옥 문선희 임애정 강윤경 김선예
디자인	안혜진 최선주
마케팅	박태훈 안현진
펴낸곳	도서출판 역락
주 소	서울시 서초구 동광로 46길 6-6 문창빌딩 2층
전 화	02-3409-2060(편집), 2058(마케팅)
팩 스	02-3409-2059
등 록	1999년 4월 19일 제303-2002-000014호
전자우편	youkrack@hanmail.net
홈페이지	www.youkrackbooks.com

ISBN	979-11-6244-628-7 04830
	979-11-6244-468-9 04830 (세트)

* 이 도서의 국립중앙도서관 출판예정도서목록(CIP)은 서지정보유통지원시스템 홈페이지(http://seoji. nl.go.kr)와 국가자료종합목록 구축시스템(http://kolis-net.nl.go.kr)에서 이용하실 수 있습니다. (CIP 제어번호 : CIP2020053443)

이 번역서는 2018년도 가천대학교 교내연구비 지원에 의한 결과임.(GCU-2018-0705)